Joe y el Misterio de Halloween

John Teófilo Padilla Jr.

Joe y el Misterio de Halloween
Primera edición: 2022

ISBN:
ISBN eBook:

Índice

Prólogo

El misterio de Halloween comenzó a principios del crepúsculo del 31 de octubre del tenebroso año 666 antes de Cristo. Una brillante estrella cayó desde lo más alto del cielo hacia el oscuro abismo, parpadeando al perder su brillante luz de justicia.

Halloween se celebra una vez al año. El ritual de Halloween continúa durante unos días después del 1 de noviembre, dando lugar al Día de los Muertos. Estos rituales anuales de Halloween y el Día de los Muertos están conectados, como descubrirá cualquiera que investigue a fondo este tema.

El espíritu oscuro y maligno de Halloween acabó extendiéndose por todo el mundo. El origen de Halloween tuvo lugar cerca de una enorme pirámide de piedra en algún lugar de México que se extiende hacia el cielo, rodeada de cráneos humanos y flores de cempasúchil. Esta pirámide tradicional está conectada a un campo de pelota, en el que los pueblos mesoamericanos conocidos como los aztecas y los mayas, y los pueblos sudamericanos conocidos como los incas, practicaban un juego de pelota llamado Juego de los Dioses. La pelota que utilizaban, hecha de goma sólida, se llamaba *olli* en la antigua lengua náhuatl. Esta bola de goma tenía entre quince y veinte centímetros de diámetro, un poco menos que una cabeza humana.

El escenario se abre con un enorme orbe de luz en la cima de la pirámide. El orbe parece un enorme ojo que todo lo ve y que mira hacia la parte inferior de la pirámide, donde se desarrolla un juego de pelota. Este Juego de los Dioses, lleno de acción, tiene reglas específicas que le permiten usar solo los codos, las rodillas, las caderas o la cabeza para hacer contacto con la pelota. Un enorme y musculoso hombre con el tocado real de un líder es un prisionero capturado, que juega a la pelota por su vida contra un atleta elegido a dedo llamado Molech, que tiene la cara y la cabeza de un búho con cuernos. Molech flexiona sus músculos abdominales para hacer rebotar la pelota en sus caderas, permitiendo que rebote una sola vez en el suelo. A continuación, utiliza su rodilla para introducir la pelota a través de un aro en lo alto del muro de piedra, marcando el gol de la victoria.

—¡No! —grita el asustado y musculoso hombre del tocado real. No pierde la gracia, mientras lucha hasta ser sometido por cuatro fuertes guerreros. Le escoltan lentamente contra su voluntad por los escalones de la pirámide hacia un altar, donde le esperan cinco sacerdotes del más alto rango. El hombre, jefe de otra tribu, está prisionero. A cada paso que da, se resiste, pero no por ello deja de ser dominado.

Al llegar al altar superior, los fuertes guerreros golpean a su cautivo contra la piedra de sacrificio. Los cinco sacerdotes asumen el control agarrando y estirando sus piernas y brazos. Mientras el musculoso cautivo es sujetado por los cinco sacerdotes, estos posan su espalda contra la piedra de sacrificio, de manera que se expone su torso desnudo para los propósitos de un sacrificio ritual en la mejor noche del año—Halloween. Comienza el ritmo del huéhuetl, o tambor vertical. Un músico golpea el tambor, que está hecho de piel de animal seca y montado sobre un marco de madera, utilizando dos mazos con cabeza de goma para producir una nota de dos tonos. El objetivo de la música es complacer a su dios serpiente emplumada que, según cuenta la leyenda, estaba a cargo de una orquesta divina de música celestial. El quinto sacerdote—un hombre enorme y musculoso llamado Saman—se pone en pie con valentía, mientras los otros cuatro sacerdotes sujetan a su asustado cautivo. El gran Saman lleva una antigua túnica ceremonial hecha de finas plantas con piel y huesos humanos secos, y una máscara facial hecha con un cráneo humano decorado con mosaicos. Sonríe... mientras sostiene un apestoso cuchillo manchado de sangre sobre el hombre... que está siendo sujetado a la fuerza por sus colegas. El gran público aclama, —*¡Saman! ¡Saman!* —el hombre sudoroso, nervioso y asustado, yace indefenso en el altar de los sacrificios... llorando. Sus ojos se abren espantosamente más de lo normal—como grandes lunas—mientras observa el afilado cuchillo dirigido a su pecho.

Saman sonríe, mostrando sus feos y graciosos dientes a través de la máscara de la calavera. Sin ningún remordimiento, golpea al indefenso hombre musculoso en el pecho. La sangre explota, estallando en el aire como una fuente. Saman mete rápidamente la mano en la cavidad torácica del hombre, saca el corazón palpitante con sus fuertes manos y grita exultante:

—¡Feliz cumpleaños, Satanás! —se oye un estruendo en el suelo y en la pirámide, y luego salen llamas y humo del suelo, formando un fuego humeante alrededor de Saman. Con una satisfacción diabólica, Saman entrega el corazón humano que se mueve y late con fuerza a una bestia dragón serpiente con plumas de aspecto demoníaco, que aparece misteriosamente entre el humo y el fuego.

Los brillantes ojos esmeralda de la serpiente emplumada sugieren que una vez fue muy hermosa, pero que desde entonces ha caído en esta horrible forma demoníaca. La serpiente emplumada—llamada *Kukulkán* para los mayas, *Quetzalcóatl* para los aztecas y *Supay* para los incas—utiliza su fuerte mano para sostener con firmeza una copa de oro macizo con un diseño de cráneo humano. La otra mano sirve para colocar el corazón que late sobre la copa de oro. Aprieta el corazón que late para que la sangre caiga en la copa de oro, pero algo de sangre gotea sobre el diseño del cráneo de la copa. A continuación, la serpiente emplumada se lleva la copa de oro macizo a los labios y huele el aroma de la sangre. Sus ojos muestran placer mientras bebe lentamente la sangre caliente. Entonces proclama:

—¡Este es el día en que renací! ¡El infierno que me ha tocado vivir! ¡Este es mi cumpleaños! Todo lo que quería era el reconocimiento... ¡Mi honor, Señor!

¡Me olvidaron! ¡Tenía mi orgullo! ¡Todavía tengo mi orgullo! ¡Tendré mi trono! Un día tendré un Nuevo Orden Mundial —sus ojos esmeralda, de aspecto bestial, brillan en la noche de Halloween.

Capítulo 1

Han pasado miles de años. La historia se desarrolla en el presente siglo. Un hombre llamado Joe está dormido en un enorme dormitorio de su mansión de Beverly Hills. En su sueño escucha una canción similar a la de los Eagles llamada "Hotel California". En su sueño recuerda la feroz batalla que tuvo con Satanás, y cómo lo atravesó con la espada del arcángel Miguel, clavándosela profundamente en el pecho, mientras escuchaba la canción atronadora: "No puedes matar a la bestia". Después de eso, Joe ve un lago de llamas y una enorme serpiente con un gran ojo. La serpiente mira a Joe mientras sisea con rabia y se desliza fuera del lago. Joe se despierta de repente de su pesadilla.

Inquieto por lo que acaba de soñar, y sintiéndose triste y solo, Joe desea ver al Padre Celestial. Y dice:

—Ya ni siquiera tengo a mi amigo Herbie para hablar y darme consejos.

Joe se levanta de la cama y camina unos metros. En busca de la calma, localiza un artilugio parecido a una tabla de inversión. Introduce los pies, se tumba en la tabla y se inclina hacia atrás hasta quedar a unos noventa grados, colgando boca abajo como si fuera un murciélago en una cueva. Joe inhala y exhala profundamente mientras está inclinado verticalmente. Él se siente a gusto estando en esta posición, ya que su cerebro tiene mucha sangre para pensar. Mientras Joe se está relajando y estirando su columna vertebral, mira el altar en la esquina más alejada de su habitación que había hecho para adorar a Dios, el cual está hecho de rocas de lava, piedras de jade y rubí, y dos tablillas de color turquesa con los Diez Mandamientos inscritos en ellas. El dormitorio de Joe, con su pesada puerta a prueba de fuego, está cerrado por dentro con avanzadas cerraduras celestiales que nadie puede penetrar, ni siquiera el propio Satanás.

De repente, Joe se inclinó hacia delante. La tabla sobre la que está tumbado se inclina y gira hasta quedar en posición vertical. Abre sus pies, se levanta suavemente de la tabla y se aleja con elegancia como un poderoso león hacia su altar. Joe se pone de rodillas y junta las manos para rezar. Desea visitar el cielo y utilizar las llaves que le ha dado Dios para ayudarle en sus santas misiones. Joe comienza a rezar:

—Padre nuestro, que estás en los cielos… —de la nada, se transporta al cielo mientras visualiza un orbe de luz celestial. Siente la resplandeciente y pacífica presencia de Dios.

—Joe, hijo mío, ¿qué te preocupa?

—Señor, Padre, me siento solo. Parece que he perdido a muchas personas que amaba y que alguna vez estuvieron conmigo entre los vivos —solloza Joe. De repente, ve a Herbie, su viejo amigo loro, volar desde la brillante luz de Dios y posarse en su hombro izquierdo. Joe se alegra mientras Herbie le besa con su pequeña lengua negra.

—¡Herbie, mi viejo amigo, te he echado de menos! —dice Joe.

Dios proclama:

—¡Joe, aunque te concedí la vida eterna después de tu vida en la tierra, sigues siendo mortal y puedes morir! Hijo, el Acusador lo sabe. Ten cuidado, Joe.

—No le temo a la muerte, Dios. Pero… —Joe derrama unas lágrimas.

—Sé lo que piensas, Joe— dice Dios. —Herbie estará contigo para consolarte, dándote paz y consejo. Recuerda que tienes la guía de tu Padre. Joe, Herbie estará contigo temporalmente hasta que tu tiempo termine en la tierra, cuando llegue el fin del mundo.

—¿El final? ¿Qué quieres decir, Dios, Padre?

—¡Vete, Joe! —ordena Dios.

Y entonces Joe se encuentra de nuevo de rodillas junto al altar de su habitación. Lo bueno es que Herbie está ahora con él.

—Vamos a comer, Joe. *¡Irk!* —dice Herbie, babeando a Joe con sus pequeños besos.

—Es bueno tenerte de nuevo conmigo, Herbie —Joe sonríe, alabando a Dios.

Son las primeras horas de la tarde del 31 de octubre. Es un soleado, luminoso y ventoso día de Halloween en un cementerio de Beverly Hills, California. En este cementerio hay un joven de pie, solo, sosteniendo unas flores. Se llama Joe Benson. Utiliza suavemente su mano izquierda para ocultar su espada dentro de la vaina, mientras sostiene las flores con su mano derecha. Joe va de incógnito con una espada debajo de su ropa hecha a medida. Ha dejado el resto de su armadura de batalla de caballero real en casa. Mientras está allí, con un gran ramo de flores muy atractivas a la vista en su mano derecha, toma una profunda bocanada de aire. Un pequeño viento mueve las flores en su mano. Entonces, con lágrimas en los ojos, se arrodilla ante las lápidas de sus familiares. El vigilante del cementerio pasa sosteniendo una horquilla. Joe se sienta moviendo la parte superior de los pies hacia el suelo y, con las nalgas, sentándose en la parte posterior de los talones. Recuerda a su Sensei Musashi, haciendo hincapié en la forma adecuada de sentarse. Herbie, el loro de Joe, descansa sobre su hombro izquierdo. Joe recuerda a su maestro diciendo:

—Tu corazón está lleno de semillas fértiles esperando a brotar. Así como una flor de loto brota del fango para florecer espléndidamente, la interacción del aliento cósmico hace que la flor del espíritu florezca y dé frutos en este mundo —Joe conoce la importancia de su papel como ángel de la luz justa de Dios para luchar contra las fuerzas oscuras del mal. Joe hace una pausa en sus pensamientos y dice en voz alta:

—Mi familia, los extraño mucho —coloca suavemente las flores con el encantador aroma delante de cuatro lápidas.— ¡Estas bonitas flores sí que huelen bien! —dice Joe. Herbie salta del hombro de Joe, huele las flores y mira a Joe con lágrimas de loro en los ojos. En la lápida está grabado:

"Científico, biólogo, bioquímico, doctor Roberto Benson, y su amada esposa, Olivia Benson, bailarina de Ballet" Sobre la segunda lápida se lee: "General de cinco estrellas del ejército de los Estados Unidos Arnold Benson, quien fuera un cariñoso esposo, padre y abuelo" "¡Honrar a tu país empieza en casa!" El grabado de la tercera lápida dice: "María Benson, amante esposa y madre de Roberto Benson". La cuarta lápida dice: "Sr. y Sra. Adolfo Newton, estrellas del Teatro de Ballet, amados padres de Olivia Benson".

—Madre, padre, abuelos y abuelas, ¡los quiero y extraño a todos! —dice Joe. Hace una pausa, las lágrimas brotan de sus ojos.

Joe reflexiona ahora sobre los recuerdos de su padre, el Dr. Benson, quien lo llevaba sobre sus hombros mientra bebía agua fresca del pozo, su madre, Olivia, paseaba con ellos, en el hermoso jardín trasero de la casa familiar, lleno de árboles frutales, flores, verduras y un arroyo con truchas al fondo. Él recuerda cuando visitaba a su padre mientras trabajaba en el hospital, y también cuando vio una función de ballet de su madre, la gran bailarina. Derrama más lágrimas al recordar que escuchaba a su abuelo, Adolfo, hablar de la vieja Inglaterra.

Al contemplar la lápida del general, esboza una sonrisa de afecto provocada por un recuerdo. Recuerda haber acampado en las escarpadas montañas; haber aprendido a navegar con las guías que daban el sol, la luna y las siete estrellas celestes; haber aprendido a encontrar agua bajo tierra; a comer raíces y cortezas; a cazar animales salvajes; y a pescar con una liana, utilizando un insecto como cebo. Pero sobre todo, recuerda haber escuchado las benévolas palabras de guía de su abuelo, que a menudo leía las Sagradas Escrituras—la Palabra de Dios—junto a la hoguera por la noche.

Joe siente la pérdida y la tristeza al ver las lápidas de sus familiares. Se coloca para estar más cómodo, usando los músculos bien desarrollados de sus piernas para sentarse en una posición de samurái.

Joe siempre tenía con él una poderosa espada divina, y siempre estaba preparado para lo que pudiese venir. La poderosa mano izquierda de Joe agarra su espada. Colocando su pulgar de control sobre su mango, para estar siempre preparado para sacar su espada rápidamente. Él recuerda haber practicado esta antigua y auténtica lección de samurái con el difunto Sensei Musashi. Joe, ahora concentrado y respirando aire profundamente, comienza a cerrar los ojos, recordando la vez que fue incapaz de ver al Sensei Musashi acercándose sigilosamente detrás de él, como si fuera a lanzarle un ataque sorpresa. Recuerda haber practicado este ejercicio muchas veces con su maestro, y haber luchado contra los malhechores que intentaban matarlo. Fue alertado de la presencia de los malhechores muchas veces utilizando su agudo sexto sentido. Recuerda con cariño que el Sensei Musashi estaba realmente detrás de él aquella vez. Joe reflexionó sobre lo que ocurrió cuando el Sensei Musashi intentó llevar a cabo un mortal ataque por sorpresa con su afilada espada. También recuerda que instintivamente sacó su espada a tiempo, levantándola por encima de su cabeza para bloquear y desviar magistralmente el golpe que el Sensei Musashi le iba a propinar en la cabeza.

Joe también recordó a su maestro de esgrima de las Olimpiadas, Napoleón, de Francia, luchando contra sus líneas de defensa. Y también recuerda haber escuchado hablar a su abuelo y haberle guiado con palabras de benevolencia. Y en algún lugar de todos sus recuerdos, escuchó la música inspiradora de su hermana, Rose, que tocaba un piano de cola finamente afinado.

Joe ahora vuelve a pensar en su vida presente. A veces se siente solo, pero tiene un propósito que seguir. Joe sabe que es un humano y que puede ser asesinado en cualquier momento. No obstante, ha sido elegido por el Padre para ser un ángel, o un mensajero de buenas acciones, mientras esté entre los vivos. Fue bendecido con extraordinarios poderes para luchar contra el mal aquí en la tierra, y se le dio una espada celestial con la inscripción "Ángel de Honor". Dios Todopoderoso lo hizo y se lo dio. Joe sabe que los humanos en la tierra están aquí por una razón, como Dios pretendía cuando creó a la humanidad a su imagen.

Cuando Lucifer era un gran querubín ungido, al que se le encomendaron muchos deberes en el cielo, hasta que entró el pecado en su corazón. Lucifer deseaba su propio trono como el del Altísimo. A pesar de que tenía acceso a todos los lugares del cielo, no podía tener acceso a todos sus poderes. Por lo tanto, se produjo una batalla en el cielo. Al final, Lucifer se transformó en el Diablo—Satanás, el Dragón—y fue expulsado del cielo, llevándose consigo a un tercio de los ángeles, a los que había engatusado para que creyeran en él.

Joe respiró hondo para calmarse mientras introducía más oxígeno en su torrente sanguíneo para reunir algo de energía.

—Señor Dios, sé que Satanás quiere matarme, o que sus demonios quieren acabar conmigo. Temo que si algún día tengo mi propia familia, esta sea perseguida por el mal. Sin embargo, ahora que miro las tumbas de mis padres y abuelos, he recapacitado.

Ahora me he tranquilizado en mi interior, sabiendo que mis padres y abuelos no le temieron al mal. En consecuencia, formaron familias con amor, y su amor fue la cosa más hermosa en este mundo. Sí, es un mundo hermoso si te fijas en las cosas buenas y no en las malas. Tal vez por eso Lucifer tropezó por primera vez, y por eso sigue tropezando en sus oscuros y malvados caminos —dijo Joe.

El sexto sentido de Joe sintió el peligro. De repente, un viento frío hace llegar a los oídos de Joe el mensaje de una mujer que llora. El escalofriante viento parece decir:

—¡Ay, mis hijos! —Justo en ese momento, Joe, utilizando su visión periférica, gira la cabeza y descubre a una mujer con un vestido negro de funeral. Con un velo negro cubriendo su rostro, se mueve sin hacer ruido, observando a Joe. Esta sombra oscura está cerca de una estatua de cemento recién hecha de una mujer llorando. Esta sombra al acecho parece estar esperando a que Joe baje la guardia.

La memoria de Joe se remonta a una lección de su Sensei Musashi. El Sensei había dicho:

—El miedo te roba la paz mental. Como verdadero samurái, Joe, no temas a la muerte, así que ¿por qué habrías de temer todo lo que la vida te depare?

Esta misteriosa mujer parece estar flotando misteriosamente por el cementerio, llorando con sonidos de oscuro remordimiento. Joe abraza a su loro Herbie. Herbie susurra: —No temas, Joe. Dios está con nosotros. *¡Awk!* —entonces, de repente, la mujer desaparece. El viento sigue silbando.

Joe dijo:

—Padre, sé que mis días están contados siendo un humano de carne, sangre y hueso, pero Señor Dios, querido Padre, nada me disuadirá de mi misión aquí en la tierra para cumplir tu voluntad. Un día amaré la vida y formaré una familia. ¡Si es tu voluntad! —todavía sentado en posición formal, Joe es atacado repentinamente por la retaguardia por el cuidador del cementerio. Inmediatamente, Joe saca su espada, y la clava suavemente por detrás del cuerpo del cuidador.

—*¡Uhgh!*—grita el cuidador.

Girando con un movimiento fluido para enfrentarse a su oponente, Joe levanta su espada por encima de su cabeza, con la intención de utilizar el filo más fuerte y afilado de la hoja. Deja caer la espada hacia abajo en vertical. La espada hace un sonido silbante—*¡whiff!*—cortando la cabeza del cuidador por la mitad. *¡Splunk!* Joe se pone de pie y retira la sangre del cuidador de su espada arrojándola al suelo. Joe se coloca en posición de guardia.

—Vamos a casa, Herbie —dice Joe.

Herbie agita jubilosamente sus alas de loro para colocarse en el hombro izquierdo de Joe.

—*¡Irk!* Vamos a cualquier lugar lejos de aquí, Joe —Herbie entonces besa a Joe en la cara con su pequeña lengua.

De repente, la estatua de la mujer cobra vida, como si tuviera un demonio en su interior. La estatua ataca a Joe balanceando sus manos. Joe se agita, se desliza y retrocede, como un boxeador. Joe ataca rápidamente dando una suave patada lateral al cuerpo de la estatua, pero solo hace retroceder a la pesada estatua unos metros.

Herbie sale volando del hombro de Joe.

—¡Cuidado, Joe; *ark!*

La estatua se acerca. Joe dice:

—¡Soy un hombre! Vete, demonio —cuando la estatua arremete contra Joe, ve que tiene lágrimas de sangre. Joe redirige la pesada estatua agarrando uno de sus brazos y usando su propia energía para guiarla hacia un árbol. *¡Crack!* La mujer de cemento parece resquebrajarse un poco.

—Hmm—susurra Joe. El Sensei Musashi le enseñó bien a utilizar el entorno en su beneficio.

—¡Vamos, Joe! ¡Vamos, Joe! —Herbie grita. Joe desenvaina su espada y hace un corte sobre el cuerpo de la estatua. *¡Pum!* Se rompe más.

La estatua de la mujer grita:

—¡El hombre morirá! —gruñe como una bestia, y vuelve a ir a por Joe.

Joe coloca su espada en alto sobre su cabeza.

—¡Te reprendo, demonio! —da un paso adelante para tomar

impulso y simultáneamente, con velocidad y potencia, lleva su espada de ángel hacia abajo, golpeando la cabeza de la estatua. *¡Crack!* La estatua de la mujer gruñe con sonidos infernales.

—¡No eres nada sin la espada!

Joe mira hacia el cielo.

—Padre, ¿por qué te tientan?

Herbie grita desde el aire:

—Muéstrales, Joe. *¡Irk!*

Joe enfunda tranquilamente su poderosa espada celestial. El demonio dentro de la estatua comienza a salivar sangre de su boca. Luego se mueve en dirección a Joe. Joe hunde su cuerpo hacia abajo para lograr una poderosa postura equilibrada y así sacar la energía vital de su interior. Luego suelta un golpe con la palma de la mano derecha en el centro del cuerpo de la estatua.

—*¡Kia!* —Joe grita, su cuerpo, mente y espíritu conectados como uno solo. *¡Kaboom!* La estatua de la mujer estalla en pequeños pedazos, desmoronándose en el suelo, dejando polvo de cemento en el aire.

—Joe... ¡Joe! —dice Herbie, posándose de nuevo en el hombro derecho de Joe.

—Vamos a casa, Herbie.

—Lo que digas, Joe —Herbie besa a Joe con su pequeña lengua. Salen del cementerio lentamente, no lo suficientemente rápido para Herbie.— ¡Corre, Joe!

Capítulo 2

Unas horas más tarde, en Tulum (México), es una tarde soleada y calurosa de Halloween. En la ciudad de Tulum, el aire está lleno de flores de cempasúchil que florecen junto a una tenebrosa estructura llamada El Castillo, situado en la hermosa costa del Golfo de México. Dentro de El Castillo se pueden ver y oír miles de arañas corriendo por el suelo y las paredes. Se pueden oír sus voces de araña hablando del deseo de comer carne humana. Sí, allí dentro de El Castillo hay una reunión de muchas brujas y hechiceros conversando mientras están de pie junto a muchos cráneos de esqueletos humanos que están dentro de un estante de cráneos, impidiendo que las arañas intenten trepar por ellos. También hay un gato negro que ronronea y se frota contra este estante. Estas poderosas brujas y hechiceros llegaron aquí desde todo el mundo para fusionar su poder en una espectacular y malvada noche de Halloween.

—Siéntense. Bienvenidos a mi castillo —dice maliciosamente la poderosa bruja de Endor, cuyo nombre es Samara. Lleva con orgullo su vestido de terciopelo negro.

Hay arañas arrastrándose por todas las sillas, mesas y suelos. Las brujas y los hechiceros las apartan de sus sillas con sus sombreros o sus manos. Se oyen los chillidos de los ratones mientras corren sin control por el castillo. Algunos ratones pasan por encima de los pies de las brujas.

—*¡Ah!* —gritan las brujas. Cuando las brujas miran al techo, ven muchos murciélagos con grandes dientes colgando boca abajo. Un murciélago baja volando hacia el cuello de un hechicero. Sus dientes casi muerden el cuello del hechicero, pero no lo hacen, porque el hechicero agarra el murciélago, lo coloca en la mesa frente a él, muerde el cuello del murciélago y luego arroja a la criatura al suelo, muerta. — ¡Sigamos con esta reunión, Samara!— grita el hechicero.

La presencia de Samara es muy llamativa. Cuando te mira, su atracción es irresistible, pero percibes un peligro en ella. La sensación de Halloween consume a Samara otorgándole energía extra. Entra en trance, mirando a su gato negro.

—¡Ven aquí, mi preciosa Jezebel! —dice Samara. El gato negro salta a los brazos de Samara. Jezebel gruñe como un pequeño demonio, con pus y saliva brotando profusamente de su boca. Samara siente una repentina oleada de maldad, que hace que sus grandes y oscuros ojos hinchados de búho y tiburón se abran de par en par. Mira profundamente en su hipnotizante bola de cristal, que está en la pesada mesa frente a ella, mientras transmite sus pensamientos en voz alta.—Los hombres son la razón por la que el mundo siempre tendrá guerras. Los hombres ocupan posiciones de liderazgo en el mundo, pero yo quiero cambiar esto. En mi fachada de vida, solo soy una Madre Superiora, no el Papa, pero con mis conocimientos, debería ser el Papa. Los hombres de este mundo discriminan, tal y como me ha dicho el ángel caído. Después de todo, ningún ángel caído se atrevería a mentirme. Soy Samara, la mejor bruja de la historia —proclama Samara.

Uno de los hechiceros se levanta.

—¡Tonterías! ¡Soy un hombre! Los hombres no son el problema en este mundo. Quizá lo sean las mujeres. ¡Me siento ofendido, Samara! ¡Retira ahora esas palabras, perra bruja de mujer!—Él dice.

—Pensé que podrías ser el hechicero que me desafía, pero no estaba segura... ¡Hasta ahora!—Samara levanta una ceja. Dando una media sonrisa continúa.—Me disculpo contigo en este momento, hechicero Chill.

—¡Eso está mejor, Bruja de la Oscuridad! —dice Chill, volviendo a sentarse con valentía.

Samara de repente ve algo en su bola de cristal.

—¡Ajá! Ahora veo a un joven sin camisa. Parece extremadamente atlético. Un loro de aspecto saludable descansa sobre su hombro izquierdo. Está paseando por un jardín exótico. El sol brilla sobre ambos. Debe ser un clima cálido, probablemente en algún lugar de California. Mis poderes de bruja leen los labios del joven, que dice: "Me sentí bien al visitar a mi familia en el cementerio, recordándolos como si estuvieran vivos. Jesús regresará en los últimos días de la humanidad, pero ¿aún no estamos allí?—Samara ve —Samara ve ahora al joven hacer una pausa, mirar por encima de su hombro y decir:

—Hmm. ¡Herbie, mi sexto sentido siente como si alguna fuerza oscura me estuviera observando ahora!

Samara también lee los labios del loro y dice:

—¡Joe! Siente la fuerza fea, la cara fea también. *¡Yuk! ¡Chirp!* Samara dice:

—No puedo localizar esta zona exacta, y no me gusta ese pájaro, ¡pero ahora lo sé! Este joven se llama Joe. ¡Siento su espíritu, poderoso, puro y lleno de bondad! *¡Ahhhh!* —los ojos de Samara se inundan de un dolor extremo; desesperadamente se palpa los ojos ardientes. — *¡Rrruuh!* —Samara grita, sin poder seguir mirando la imagen del joven llamado Joe.

—Samara, ¿estás bien? ¿Quién era el joven que viste en tu bola de cristal? —pregunta temeroso uno de los curiosos hechiceros. Samara dolorida ignora la pregunta. Ella rápidamente, sumerge sus ojos ardientes en un cuenco para la cara lleno de hojas de *Camellia sinensis* húmedas y ablandadas, que le alivian. Permanece en silencio.

Al cabo de unos instantes, Samara saca la cara del cuenco y se seca los ojos con una toalla que había confiscado del Vaticano. Samara respira profundamente para calmar sus nervios, preguntándose en silencio de quién fue el poder que intervino y le impidió vigilar a Joe en su bola de cristal de bruja.

—¡Concentrémonos para llenar nuestros corazones de pensamientos malignos mientras nos acercamos al cumpleaños de Satanás en la noche de Halloween! —dice Samara.

Una bruja china escurridiza llamada Chinara le da a Samara una antigua hierba china que se puede tomar en forma líquida.

—¿Qué reacciones tendrá una persona al consumir esta hierba? —dice Samara.

—Producirá hidrocefalia e hinchazón, Samara. Esta es una

antigua manera china de silenciar a alguien. No todos los chinos conocen las propiedades de esta hierba —dice Chinara. Samara se alegra de lo que ha oído. Sus ojos se abrieron con deleite mientras usaba sus largos y feos dedos para agarrar rápidamente un pequeño roedor que corría por la mesa de reuniones. Colocó la cabeza del roedor en su boca y luego lo mordió—*¡pop!*—haciendo un sonido como el de morder una manzana. A continuación, consumió el resto del roedor, lo que complació a sus papilas gustativas. Después, se chupó los dedos.

La bruja de Londres muestra una expresión facial grotesca mientras observa a Samara comer el roedor.

—¿Qué vas a hacer con la maldita hierba, Samara? —susurra temerosa Londonra.

—¡Es para cualquiera que se interponga en mi camino! —exclama Samara. Se dirige a otra bruja. — Romanra, ¿estarás pronto en Italia?

—Sí, Samara —responde la bruja de Roma, Italia.

Todas las brujas están en un curioso estado de ánimo, pero ninguna más que la muy inteligente bruja de Japón llamada Japanra.

—¡Puedo sentir que miras en lo más profundo de mi mente, Japanra. Basta ya¡ —dice Samara. — Mis exquisitas brujas y hechiceros de poder, nos hemos reunido para una reunión de mentes maestras. Juntos somos más fuertes, especialmente en la noche de Halloween!—Samara suelta una carcajada sádicamente diabólica del infierno con el corazón palpitante y la piel descamada.

De repente, se oye un siseo junto al hechicero Chill. El hechicero tiene las piernas abiertas mientras se sienta sin *bragas.* La serpiente aparece con ojos diabólicos, y abre su boca con colmillos para morder al hechicero en sus testículos expuestos. Pero el hechicero preparado para la batalla, lo intercepta poniendo su antigua varita en la boca de la serpiente. La serpiente se infla como un globo. *¡Boom!* Entonces, usando su mano derecha, el hechicero pone su varita en sus labios y sopla aire en ella como una pistola humeante. Chill dice:

—Otra muesca en mi varita... ¡Hasta luego! Todas las brujas

y hechiceros suben por la empinada escalera interior de caracol. El hechicero Chill toma la delantera: cuando todos miran hacia arriba, ven su horrible trasero contoneándose a derecha e izquierda mientras sube. Los murciélagos vuelan y chillan con la boca abierta... mientras muerden en el cuello a varias brujas que luchan por subir a la azotea del castillo. Una vez en la cima, todos los que ascendieron por la escalera de caracol observan una pequeña mesa con un misterioso vaso con líquido desconocido colocado allí. Un enorme albatros se posa en la esquina de la azotea.

—¿Qué hace aquí esa fea ave de la perdición? —dice Chill. El albatros está estereotipado como el pájaro de la perdición.

Samara parece tener una conexión con el pájaro. Los dos se miran a los ojos, transmitiéndose mensajes.

—El poder, el dinero y el sexo es lo que más desea el mundo, ¡pero el poder es la fuerza! —dice Samara. Entusiasmada, Samara alcanza el vaso e intenta beberlo, pero es detenida por el hechicero Chill.

—¿Para qué es esta bebida? ¿Y por qué tú, Samara? —pregunta Chill.

—Es para el elegido de Halloween, pero ¿por qué lo preguntas, hechicero Chill? ¿Insinúas que eres tú el elegido? Eres un hombre ambicioso —dice Samara mientras vuelve a coger el vaso con líquido.

—Sí. ¡Soy el elegido, Samara! Y tú serás mi concubina —dice Chill. Sin sentir ninguna aprensión, intercepta a Samara con fuerza bruta, y luego se bebe rápidamente el líquido.

—Sí, Chill. Eres el elegido, elegido para morir —se burla Samara. Chill cae rápidamente al suelo, temblando mientras se sujeta la cabeza. Sufre un enorme dolor, diez veces mayor que el de una migraña. Samara mira a todos a los ojos para calmarlos, comportándose como la líder que es.—Hagamos un círculo y juntemos las manos. Pensaremos juntos para formar una mente maestra —ordena Samara. — Ahora cierren los ojos, brujas y hechiceros. ¡Ahora podemos tener una verdadera mezcla de nuestras mentes para lograr la unidad mientras sacrificamos al hechicero Chill en el cumpleaños de Satanás este Halloween! —proclama Samara. Todas las brujas y hechiceros observan emocionados la cabeza de

Chill mientras se hincha hasta alcanzar el tamaño de una calabaza, lo que en términos médicos sería un edema. Su cuerpo está estirado en el suelo. En un aparente coma, se está muriendo mientras el aire fresco del océano sopla, al anochecer, a los pies de Samara.

Capítulo 3

En Beverly Hills, California, se está acercando la noche de Halloween. Joe ha limpiado su mente mientras meditaba en el hermoso jardín de la Mansión Benson.

—Mi mente se siente fresca y lista para afrontar la noche de Halloween, amiguito.

—Yo también, Joe. Ya medité. *¡Chirp!* —Herbie mueve su relajada cabeza de loro. Joe se aleja ahora del jardín y camina con paso firme hacia la zona de la piscina. Se coloca al lado de la parte profunda de la piscina. Herbie sigue totalmente relajado sobre el hombro izquierdo de Joe, y en profunda meditación de loro dormido, Joe piensa.

—¡Gerónimo! —Joe grita, sosteniendo su espada mientras se sumerge con los pies por delante en el agua profunda. *¡Splash!*

—*¡Awk! ¡Awk!* ¡Herbie no sabe nadar! —el loro salta del hombro de Joe para volar a un lugar seguro.

—Herbie. "Mantente alerta; mantente vivo" tal como dice siempre mi amigo policía Jesse —aconseja Joe. De repente, Joe, con solo la cabeza por encima del agua, recibe una llamada en su teléfono inalámbrico junto a la piscina. El identificador de llamadas indica que la llamada es de Industrias Saman. Herbie utiliza sus patas de loro para pulsar el botón que enciende el altavoz del teléfono rojo brillante, para que Joe pueda escuchar y hablar.

La persona que llama dice:

—¡Joe, ten cuidado! Habla Noah. Hay vientos de espíritus malignos en la noche de Halloween —Noah es un nativo americano apache chiricahua, y amigo de Joe.

—¡Hola, Noah! Tú también ten cuidado, ¡amigo mío, del Equipo SEAL 6 de la Marina de los Estados Unidos!

Entonces Noah grita repentinamente "¡Gerónimo!" Mientras salta de un avión militar en la noche de Halloween. Noah grita esa palabra no únicamente por la tradición militar, sino también en honor a uno de sus antepasados, su bisabuelo, Gerónimo.

Joe piensa en lo que acaba de decir su amigo. Entonces dice:

—¡Oye, Noah! ¿Sigues ahí? Parece que estás haciendo un ejercicio de HALO de nuevo en el cielo, saltando de un avión en pleno vuelo.

—Tienes razón, Joe. Pero recuerda que no todos los que están en la tierra subirán al cielo. Deben tener fe en Ussen.—Dice Noah. Ussen es el nombre que los nativos americanos usan para el único Dios verda dero, como en el primer mandamiento: "Solo hay un Dios").

—Sí, de acuerdo, Noah. A veces me preocupas, amigo mío —dice Joe, bromeando con su amigo por teléfono. Joe se pone ahora serio—Me siento honrado de tenerte como amigo, Noah. Sé que tu bisabuelo Gerónimo fue uno de los primeros americanos en comprender que la naturaleza y Dios están conectados.

Noah guarda silencio durante unos segundos. Cayendo a través de las nubes esponjosas, se ajusta la máscara de gas en la cara, asegurando un buen sellado. Noah está en una misión de ejercicio, con la ayuda de drones de alta tecnología. Está practicando la aplicación de la ley marcial, que es algo que el presidente de los Estados Unidos puede implementar en cualquier momento mediante poderes ejecutivos.

Finalmente, Noah dice:

—Joe, escucha atentamente, amigo mío. No puedo hablar por mucho tiempo. Estas son las palabras de mi bisabuelo Gerónimo —Noah cita a Gerónimo: "No puedo pensar que somos inútiles, o Dios no nos habría creado. Hay un Dios que nos mira a todos. Todos somos hijos de un solo Dios. El sol, la oscuridad, los vientos, todos escuchan lo que tenemos que decir. Cuando era niño, mi madre me enseñó a arrodillarme y rezar a Ussen para pedirle fuerza, salud, sabiduría y protección. A veces rezábamos en silencio; a veces cada uno rezaba en voz alta; a veces una persona mayor rezaba por todos nosotros, y a Ussen".

Joe sonríe.

—Amén— sabiendo que Noah se tomó un tiempo precioso

para inspirarlo —¡Adiós, Noah! Gracias, y ten cuidado, amigo mío.

—Adiós, Joe. Y tú también ten cuidado en la noche de Halloween —dice Noah.

Joe vuelve a colocar el auricular del teléfono de la casa en su lugar y lo cuelga. Luego entra en la parte profunda de la piscina, con solo el cuello y la cabeza fuera del agua. Allí practica cómo desenvainar su espada, cómo clavar su espada, cómo cortar con su espada y cómo usar un rápido juego de piernas, mientras sus pies se desplazan hacia adelante contra el agua para avanzar ante un poderoso oponente imaginario. Siente la resistencia del agua contra él. Joe, en el agua profunda hasta el cuello, practica la rapidez de reflejos y desenvaina su espada con la mano derecha, utilizando un movimiento de artes marciales para bloquear o parar la espada de un oponente imaginario. Se tensan todos los músculos del cuerpo de Joe, incluidos los de los brazos y las piernas, mientras recuerda que el Sensei Musashi le enseñó esta antigua técnica samurái de ser uno con el agua, que es la forma que tiene la naturaleza de fortalecer los músculos del cuerpo, para que el samurái pueda estar preparado para lo que pueda venir.

Al caer la noche, Joe dice:

—Bien, Herbie, es la hora. Tenemos que empezar a hacer nuestras rondas en esta noche de Halloween —Joe sale de la piscina y se seca con la toalla mientras Herbie se desplaza, vigilando a su amo.

A pocas manzanas de la casa de Joe, un grupo de niños disfrazados de esqueleto, acompañados por sus padres, llaman al timbre de un vecino. Un joven con una linterna roja que brilla intensamente abre la puerta. Los niños dicen:

—¡Truco o trato!

—Bueno. Bueno... Supongo que tenemos esqueletos en nuestra puerta. ¿Qué debo hacer? Oh sí, ya sé: ¡pagar el precio por mi seguridad! —dice Jack con una cara triste. Jack da a los niños manzanas rojas ligeramente mojadas para que las coloquen dentro de sus bolsas de "truco o trato".

Los niños, con sus disfraces de esqueleto, inspeccionan sus manzanas limpias y húmedas mientras se alejan de la casa. Jack cierra la puerta principal, riendo.

Uno de los niños dice en voz alta:

—¡Eh, mamá! ¡Papá! Mi manzana mojada tiene marcas de dientes —Jack, con una sonrisa traviesa en la cara, coloca su linterna roja y brillante en el suelo junto a el. Luego, sin ningún remordimiento por sus acciones, comienza a observar a hombres y mujeres jóvenes jugando aganar manzanas con la boca dentro de la casa. En el interior de la oscura casa suena una música de rock and roll a todo volumen. De repente, la música se baja. Un anciano con cara de picardía y una sola pierna se apoya en su clavija de madera. Vestido como un pirata, comienza a contar una historia sobre un poderoso y rico magnate que controla el floreciente negocio de Halloween.

Uno de los jóvenes mira por una de las ventanas y dice:

—Oye, Jack, sí que parece que está oscuro afuera. Un poco espeluznante, ¿eh? Préstame tu linterna roja, hermano.

Jack coge rápidamente su linterna roja.

—¡No! ¡No lo toques! Solamente puedes mirarla —Jack oculta el motivo por el que había llevado su linterna roja a la fiesta de Halloween. Gira el pomo del farolillo más alto para aumentar la fuerza de la luz resplandeciente, que atrae hipnóticamente a la gente a mirar su aura.

Jack, ignorando a todo el mundo, descubre que su memoria vuelve al pasado, cuando era un niño. Recuerda cuando su padre le regaló el farolillo rojo para ir a pescar con su abuelo. Piensa en su orgullosa herencia celta irlandesa. Su padre, Timothy O'Lantern Junior, le dijo:

—Aquí tienes, hijo mío. Te quiero, Jack.

—Gracias, padre, pero no sé usar una linterna. ¿Puedo tener una por si acaso? —dijo Jack, reflexionando sobre qué hacer.

Justo en ese momento, llegó el abuelo de Jack.

—¡Yo te enseñaré, muchacho! Iremos a acampar y a pescar. Te enseñaré cómo empleábamos las lin ternas rojas en la vieja Irlanda, muchacho —dijo el abuelo de Jack, Timothy O'Lantern Senior.

Jack había conservado su linterna roja desde que era un niño, queriendo conservar el regalo que le hizo su padre, Timothy O'Lantern Junior, muchos años atrás.

Cuando Jack fue a pescar y a acampar en la noche de Halloween con su abuelo Timothy O'Lantern Senior, se alejó un poco del campamento, llevándose su linterna roja, para orinar junto a unos árboles. Una vez que bajó la llama de la linterna para tener privacidad, escuchó a un grupo de personas que entraba en el campamento, donde su abuelo estaba durmiendo. Con la linterna roja apagada, se acercó sigilosamente al campamento, escondiéndose en el bosque. Quedó traumatizado cuando vio a un culto diabólico torturar a su abuelo hasta la muerte. Los miembros de la secta diabólica mencionaron que el anciano estaba con su hijo Jack, habiéndose enterado por un informante que los había visto a ambos pescando antes, y dijeron que querían sacrificar al niño en la noche de Halloween. El viejo abuelo, un irlandés orgulloso y fuerte, afirmó que estaba solo, hasta su último aliento.

El corazón del joven Jack latía con fuerza. Su mente estaba traumatizada mientras las lágrimas brotaban profusamente de sus ojos. Temblando, se alejó sigilosamente de la zona. Aprendió a apagar y encender su linterna rápidamente mientras caminaba por el bosque. Estaba muy asustado, hiperventilando. Allí estaba, un niño sin madre y con un padre borracho. A excepción de su abuelo, Jack no tenía modelos de conducta. Desesperado, Jack pidió la ayuda de Satanás para que le mostrara el camino de salida del bosque. En ese momento de la noche de Halloween, un ángel demoníaco con rasgos faciales mitad atractivos y mitad bestiales apareció, horrorizando a Jack y bloqueando su camino.

Jack gritó:

—¿Quién eres? ¿Qué eres?

El medio ángel, medio bestia, dijo:

—¡Sabes quién soy! Me llamaste para hacer un trato...

—No necesito ninguna ayuda... ¡Por favor, vete! —gritó Jack, sintiendo pavor.

El grupo de la secta del diablo se acercó, caminando con antorchas encendidas en sus manos. Murmuraron:

—Pequeño, pequeño, ¿dónde estás?

Una sonrisa torcida apareció en el rostro del medio ángel, medio bestia.

—¡Di mi nombre! —dijo el ángel bestia.

—¡Diablo, Bestia, Satanás, por favor, ayúdame, sálvame! —suplicó Jack, tragando saliva.

—Ahora tenemos un pacto, pero ¿salvarte? ¡Ja, ja, ja! Bueno, ¡ya verás! ¡Todo el mundo morirá algún día! —dijo Satanás. Colocó una brasa que nunca se extinguió dentro de la linterna roja de Jack, y luego señaló en la dirección que este debía caminar. La linterna de Jack tenía un brillo rojo hipnotizante. Finalmente, encontró el camino a través del frío bosque, reconfortado por su linterna roja resplandeciente, y localizó el camino que llevaba a la casa de su padre.

Jack nunca conoció a su madre; ella murió al darle a luz. El padre de Jack, Timothy O'Lantern Junior, se emborrachaba a menudo, aunque enseñaba a su único hijo, Jack O'Lantern, todo lo que podía. Jack creció traumatizado por haber presenciado cómo su abuelo era torturado hasta la muerte. A lo largo de los años acudió a varios psicólogos. El día en que su padre murió de cirrosis hepática, con lágrimas en los ojos, se consoló sosteniendo su linterna roja.

Estas fueron las cosas en las que Jack reflexionó al pensar en su infancia, hace muchos años. ¿Quién sabe cuántos años tiene Jack en realidad?

Los grandes ojos de Jack se fijaron hipnóticamente en su linterna roja resplandeciente, como si recibiera un mensaje del infierno en la noche de Halloween. Una mujer que observa a Jack lo saca de su trance.

—Jack, tu cara parece una posesión demoníaca. ¡Sal de ahí! Tienes mi vida en tus manos, guapo. Usa una linterna.

Jack sonríe diabólicamente y dice:

—¡Me gusta más el fuego! —a continuación, hace una señal a algunos de sus amigos de la fiesta para que le acompañen. El grupo de jóvenes parejas, con disfraces de bruja y demonio, sale de la casa. Jack los escolta con su linterna roja brillante. El grupo de jóvenes parejas se ríe mientras se suben al Ford Mustang Boss 302 de color rojo fuego de Jack con llantas de radios rojos brillantes. Un pasajero masculino en el asiento trasero le dice al conductor—, ¡Oye, Jack, enciende la linterna, chico del diablo!

Una pasajera con voz seductora dice:

—¡Sí, Jack! Por favor, enciéndelo, cariño. Pásame la bebida, y tal vez te recompense más tarde con algo de sexo. Es el cumpleaños de Satanás. Todo vale. Vamos a festejar.

Entusiasmado por el momento, Jack enciende varios cigarrillos de marihuana, abre tres botellas de whisky irlandés de un litro y las reparte después de haber bebido él mismo unos grandes tragos del fuerte whisky. Jack, con una botella de whisky entre las piernas, no puede controlarse más. Da una profunda calada a la marihuana, haciendo que la punta del porro brille de color rojo Halloween. Proclama en voz alta:

—En la noche del infierno, soy el Jack O'Lantern original y hago lo que me da la gana. No hay reglas ni leyes para mí.

Varios pasajeros dicen:

—Jack, haces esto todo el tiempo.

—¡El diablo te va a reclamar algún día, Jack! —dice uno de los jóvenes del coche de Jack, abrazando una gran bolsa de patatas crudas.

Jack dice:

—Siento que algo me observa —se bebe un par de tragos más de whisky irlandés.—*¡Burp!*—A continuación, gira el encendido de su automóvil y acelera el potente motor de su Mustang. Alarmado, Jack ve a un joven que cruza la calle en la oscuridad, con un loro en el hombro izquierdo que le ha estado observando. La mirada de Jack muestra miedo cuando el joven con el loro se acerca a él.

—¡Hola! Me llamo Joe. Sé quién eres, Jack. Todo el mundo tiene libre albedrío para elegir.

Herbie grita:

—¡Libre albedrío!

Joe dirige su atención a los jóvenes del coche de Jack.

—Salgan de su trance. Escuchen, amigos. Por favor, salgan todos del coche, ¡ahora! Él ha bebido demasiado como para conducir, o incluso caminar, a casa —dice Joe.

—¡Sí, es un demonio! ¡Salgan! *¡Awk!*—grita Herbie.

Una persona entre el joven grupo de parejas responde:

—*¡Jódete*, niño bueno, y tú también, cerebro de pájaro! —Jack, con una sonrisa diabólica, piensa: *Gané.* Toma más tragos de whisky y luego lanza la botella a medio llenar a Joe.

Joe deja pasar suavemente la botella esquivándola. Permanece intacto, como un boxeador profesional.

¡Crack! La botella se rompe en la acera. Los ojos oscuros y malvados de Jack—parecidos a los de un tiburón—miran con furia a Joe. Entonces Jack empuja la puerta del coche con rapidez... intentando golpear a Joe. Pero Joe, haciendo un buen juego de piernas, retrocede, algo que había aprendido a hacer cuando se entrenaba para la medalla de oro olímpica en esgrima. Jack sale de su vehículo y ataca a Joe con una patada en forma de navaja. A esto le sigue una patada de talón con su otra pierna.

—*¡Maldita sea!* —dice Jack, ambas patadas han fallado. Inmediatamente, Joe da una patada vertical y directa con su pie delantero, que impacta en el abdomen de Jack, haciéndole retroceder hasta caer al suelo.

—¡No te hagas el gracioso, Jack! —dice Joe.

—*¡Irk!* ¡Gracioso! —dice Herbie.

Entonces, los amigos de Jack salen del vehículo, uno blandiendo una palanca y otro sosteniendo un saco de patatas. Herbie vuela sobre el hombre con la palanca y le deja caer caca caliente en la cara.

—Err —el hombre gime. Joe arrebata la palanca y la lanza lejos, a un arbusto. Al ver que Jack se levanta, Joe rápidamente le da una patada al hombre con caca en los ojos, este choca contra Jack tirando a ambos al suelo.

El hombre que lleva un saco de patatas crudas le lanza una patata a Joe, pero este la aparta de un manotazo con sus duras manos de artes marciales.

—¡Aquí viene, hombre de las patatas crudas!

—¡Estas patatas te detendrán! —el hombre mantiene las patatas contra su pecho para prepararse para la poderosa patada lateral de Joe. Joe se desliza hacia adelante rápidamente con un buen juego de pies, y lanza suavemente una patada lateral. *¡Kapow!* El joven, que ahora sostiene el puré de patatas, sale volando seis metros hacia unos cubos de basura.

—¡Yo como patatas! —dice Joe.

Jack abre su navaja e intenta cortar la garganta de Joe. No

alcanza a Joe por un pelo. Los dos amigos de Jack regresan corriendo al coche. El experimentado Joe, con la adrenalina a flor de piel, dice:

—¡Suelta el cuchillo, Jack! —Joe desenfunda su espada.

—¡Oye, viejo, tiene una espada, Jack! —grita uno de los amigos de Jack.

Jack dice:

—¡Tengo algo para ti, idiota! —Jack lanza su cuchillo a Joe, y este lo esquiva en pleno vuelo. Cae al suelo. —¡Te arrepentirás! —Jack saca la linterna roja brillante de su vehículo.

Herbie se eleva en el aire.

—Cierra los ojos, Joe; ojos Joe —dice Herbie.

Joe ve y siente una luz roja brillante y ardiente. Cierra los ojos, coloca su espada sagrada frente a él en posición vertical, con la parte plana de la espada su oponente para proteger sus ojos y repeler la fuerza oscura del mal, y dice una oración silenciosa:

—Padre, ayúdame.

Jack desconcertado dice:

—¿Por qué mi linterna roja no funciona contigo?

Al instante, Joe, utilizando su sexto sentido y con los ojos cerrados, avanza con un buen juego de piernas, y golpea el farolillo rojo con su espada. *¡Clank!* Cae al suelo.

—¡Mi linterna! Has abollado mi linterna. Deja mi linterna en paz. Maldito seas —Jack recoge su linterna y salta de nuevo hacia su potente coche, acunando su linterna roja resplandeciente.

Joe grita:

—¡No te los lleves!

—¿Por qué no? Todo el mundo puede elegir... Yo tuve una elección — exclama Jack. Luego se aleja a toda velocidad con sus pasajeros.

Uno de ellos dice:

—¡Wow! ¡Acelera, Jack! Este coche está en perfectas condiciones. ¿Tienes alguna conexión con alguien poderoso? ¿De dónde has sacado este coche clásico? Oye, Jack, ¿conoces a ese tipo con el loro? ¡¿Era algún tipo de ángel, porque te aseguro que tú si eres un demonio, Jack?!

—*¡Ja, ja, ja!* —todos se ríen. Jack ignora las preguntas, tocando su farolillo rojo mientras acelera por la carretera.

Todos fuman marihuana y beben whisky irlandés. Empiezan a cantar una canción de Halloween sobre diablos, brujas y demonios. Entonces, mientras Jack conduce por una curva de la carretera, se encienden las luces de un coche patrulla de la policía que circula a gran velocidad. El coche de policía está detrás de ellos, casi en el parachoques de Jack. Se oye una voz fuerte por el altavoz que dice:

—Soy el oficial Jesse. Por favor, detenga su vehículo —Jack sonríe y sigue adelante. De repente, el coche de policía hace sonar sus sirenas.

El coche patrulla continúa su persecución mientras Jack grita improperios. Ve una curva en la carretera. Luego la carretera se convierte en una recta. Jack dice:

—Bien, cerdo peludo, es hora de abrirla —lleva la mano a la parte inferior del salpicadero, donde está montado un pequeño tanque de óxido nitroso que había instalado astutamente. Jack pulsa el interruptor metálico, liberando el óxido nitroso, que envía potencia instantánea al ya poderoso Mustang. *¡Boom!* Jack, utilizando la tecnología para ganar ventaja, se lanza a la carretera, con su coche como un dragster, dejando el coche de policía a kilómetros de distancia, y fuera de la vista.

—¡Sí, cariño! — dice Jack.

De repente, un feo enano desnudo que lleva una calabaza cruza la carretera delante del coche de Jack.

—¡Qué asco! ¿Qué demonios es esa cosa espantosa? —gritan los pasajeros de Jack.

Jack sonríe, disfrutando de este momento de Halloween. Mientras ve a sus pasajeros gritar, siente un subidón extra en su torrente sanguíneo, que está lleno de una potente mezcla de licor fuerte y marihuana. Ahora quiere algún tipo de emoción. Grita:

—¡Soy un irlandés celta! —mientras sigue acelerando en la noche de Halloween.

El enano desnudo vuelve a correr delante del coche de Jack, pero esta vez lanza su calabaza, que brilla con la luz de las velas, contra la ventana delantera de Jack. *¡Plat!* El enano deforme y desnudo, grita:

—¡Es el cumpleaños de Satanás!

Jack intenta golpear al enano de aspecto diabólico, pero no lo consigue. Enciende los limpiaparabrisas para quitar parte de la calabaza que arde en llamas. Uno de los pasajeros de Jack grita:

—*¡Infierno!* Este coche parece el infierno sobre ruedas —Jack intenta mantener el control de su coche. Quita los ojos de la carretera, mirando al horripilante enano, y desconcertado dice:

—¿Qué demonios es eso?

Todos en el coche gritan asustados:

—¡Jack! Cuidado.

Jack vuelve a centrar rápidamente su visión borrosa en la carretera que tiene delante, pero es demasiado tarde. Se sale de la carretera. El coche salta por los aires y comienza a descender por un profundo cañón. Mientras el coche está en el aire, el corazón de Jack late con fuerza. El olor a muerte le rodea. Sus pasajeros gritan: *"¡Aaahh! Ayuda!"* Jack, con adrenalina, mira despreocupadamente por la ventanilla del lado del conductor. Mientras su coche, flameando con calabazas ardientes, se acerca al impacto, ve de repente a la parca, una figura esquelética con ropas oscuras, que sostiene un bastón y está de pie en el suelo, mirándole con una expresión maligna de bienvenida. Entristecido, Jack intenta sentirse reconfortado como cuando era niño. Alcanza su linterna roja brillante. La agarra y la mantiene cerca de él. *¡Boom! ¡Crash!* El potente Mustang explota, matando a todos los jóvenes pasajeros de Jack en la noche de Halloween. Jack, sin embargo, al estar maldito, sale ileso. Graba otra muesca en su interminable linterna roja. Luego se adentra en el bosque, llorando y llevando su linterna roja resplandeciente. Jack siempre lamenta el Halloween en el que hizo un pacto con el Diablo. Pero tomó esa decisión por su propia voluntad, al igual que los jóvenes adultos que se subieron al coche de Jack O'Lantern en la noche de Halloween.

Capítulo 4

En la misma noche de Halloween, varios niños pequeños del vecindario de Joe, de edades entre los ocho y los doce años, se encontraban en un garaje de Beverly Hills, California, formando una banda de música. Los niños estaban tocando vigorosamente su música en la noche de Halloween, a la vez que trataban de conseguir un buen ritmo. De repente, por la frustración, uno de los niños dice:

—Todos somos un ... *¡Fracaso!* ¡Daría cualquier cosa porque tocáramos mejor! ¡Cualquier cosa!

De repente, tras ese comentario, aparece frente a ellos un bebé de aspecto horripilante con alas. Uno de los niños grita:

—¡Eh, miren! ¡Es un querubín!

Un querubín es un ángel que parece un bebé desnudo con alas. Sin embargo, algunos querubines no son buenos, porque algunos son ángeles caídos del cielo que siguieron al Acusador. El querubín de repente empieza a tocar una música diabólicamente bella, utilizando un timbal inusual e instrumentos musicales de tubo. Los niños están asombrados por esta música que toca con total destreza la pequeña criatura de aspecto pardo-verdoso con rasgos de bebé. Pero, aunque están fascinados por la música, sienten que un aura de maldad sobresale de esta criatura.

—¿Saben quién soy en esta noche de Halloween? Si no es así, seguro que sienten quién soy.

Un chico dice en voz baja:

—Tengo miedo... ¿Qué quieres?

—Si me dan su corazón y su alma, y hacen lo poco que les pediré, ¡entonces los convertiré en grandes músicos y mundialmente famosos! Y serán ricos y famosos durante un corto período de tiempo, con sus deseos cumplidos y con los placeres de este mundo a su alcance. Lo prometo —dice el querubín, arrastrando las palabras. Las babas de su boca caen al suelo. Sus ojos brillan como los de un gato en la oscuridad.

Los niños no se sienten bien. Sus corazones laten con fuerza por el miedo y sus rodillas se doblan. Algunos pierden el equilibrio y caen al suelo. Los niños, horrorizados, empiezan a mirarse rápidamente unos a otros. Luego, de repente, echan a correr—aunque algunos se arrastran—buscando entrar rápidamente en la casa, gritando:

—¡Mamá! ¡Papá!

El querubín, deseándolos diabólicamente, intenta agarrar a uno de los niños, pero falla. Ese niño se escabulle fuera del garaje con su hermano menor, donde observa a un joven con un loro al hombro caminando a poca distancia.

—¡Ayúdame! —grita el niño, empujando a su hermano menor delante de él. Joe sabe al instante lo que ha ocurrido. De repente, el pequeño querubín sale de su escondite en el garaje para atacar a Joe. Joe desenvaina inmediatamente su espada y con un movimiento descendente hiere al malvado y feo cuerpo del querubín, impidiéndole que responda a su ataque. A continuación, Joe sacude su espada para limpiar la sangre de la misma.

En lugar de luchar, el querubín desaparece para escapar. Joe dice:

—Herbie, mi sexto sentido me dice que algo malo sigue aquí.

Herbie mira fijamente a Joe y dice:

—Claro que no, Joe. Volvamos a casa, Joe. *¡Awk!*

De repente, dos niños corren hacia Joe y le dicen:

—¡Por favor, ayúdenos, señor!

—No se preocupen, niños, los acompañaré a casa —Joe dice suavemente, mientras vuelve a enfundar la espada en su vaina como un samurái—¡Toma! Usa mi teléfono para llamar a tus padres.

—Gracias, señor... Oye, ¿no eres el campeón olímpico de esgrima de los Estados Unidos? —pregunta uno de los chicos.

—Bueno, sí, lo soy. Tuve una buena técnica, un buen ejercicio, una buena nutrición y una mente con conocimientos puros y, lo más importante, la fe en Dios con todo mi corazón. Todo ello fue lo que me permitió ganar —dice Joe con orgullo.

—Te vi en la televisión luchando con tu espada. Eres totalmente impresionante —dice el pequeño Eddie. Luego emplea el teléfono de Joe.—Oye, papá, Mike y yo estamos volviendo a casa con nuestro vecino Joe. Él es el campeón mundial de esgrima. ¿De acuerdo? —dice Eddie.

—De acuerdo, Eddie. Conozco a Joe, y conocí a su padre: son buenas personas. Los espero a todos. Y también a Joe, por favor —dice el padre. Joe transmite a los niños la tranquilidad de su padre. Todos comienzan a caminar.

El pequeño Mike no deja de mirar la espada que Joe lleva a su lado. Dice:

—¡Eh, Joe! ¿Llevas una espada de verdad? Parece de verdad. ¿O es falsa?

Eddie mira boquiabierto a Mike.

—¡Es la noche de Halloween, estúpido!

—Cálmense, niños —dice Joe.

—Cálmense, niños. *¡Irk!* Cálmense. *¡Awk!* —dice Herbie.

Mike y Eddie miran a Herbie. Mike dice:

—Ese pájaro es estupendo. No hay caramelos para ti, cerebro de pájaro, solo para Joe —Herbie despega del hombro de Joe y se eleva muy alto, volando alrededor para vigilar.

De repente, un gato negro se cruza en el camino de Mike, Eddie y Joe.

—*¡Miau! ¡Rrrr!* —dice el gato negro.

Herbie se abalanza y dice:

—¿Quieres un trozo de mí? ¡Awk! —Herbie ahuyenta al gato.

Los dos niños están asombrados por el hermoso pájaro, Herbie.

—¿Tal vez deberíamos darle un poco de caramelo? —dice Eddie. Los dos chicos ofrecen unos dulces primero a Joe.

—No, gracias. Únicamente como fruta.

Entonces le ofrecen unos caramelos a Herbie. Herbie lo agradece.

—¡Qué rico! —dice Herbie, engullendo un delicioso caramelo.

—Vas a tener que rebajar esas calorías, Herbie —dice Joe.

—¡Gulp! Lo sé Joe. Lo siento, Joe. *¡Awk!* —dice Herbie.

Caminan varias cuadras.

—Eh, chicos, ahí está su padre. ¡Hola, Sr. Robinson! —dice Joe.

—¡Hola, Joe! Gracias por acompañar a mis dos hijos a casa —dice el Sr. Robinson. —¿Quieren entrar a tomar una taza de café? —pregunta el Sr. Robinson.

—Sí, señor Robinson. Usted es el dueño de la famosa cafetería orgánica de Rodeo Drive. He probado su café. Es excelente. Pero solo puedo quedarme un momento. Tengo que ir a hacer mis rondas, o sea, a caminar. Necesito mantenerme en forma, ya sabe —dice Joe. Todos entran en la casa del Sr. Robinson en esta noche de Halloween.

A pocas cuadras, Rose llega a una casa para ayudar a los vecinos a cuidar a los niños. Ella sigue la regla de ayudar a los demás. En la entrada de la casa, Rose abre el candado de la puerta de acero de la verja.

El padre viudo le había dado previamente a Rose la llave del candado en caso de emergencia. Una vez que Rose está dentro de la casa, dice:

—Hola, Rose.

—Hola, Sr. LaVaughn —dice Rose.

Antes de que el Sr. LaVaughn se vaya a trabajar al turno de noche en la Corporación Saman, besa a sus dos hijas, Amanda y Michelle. Les dice:

—Antes de ir a dormir, hagan sus oraciones. Papá las quiere mucho. Buenas noches, princesitas.

—Buenas noches, padre. Te echaremos de menos —dicen simultáneamente Amanda y Michelle.

El Sr. LaVaughn lamenta que sus hijas ya no tengan madre. La madre de las niñas murió de un ataque al corazón después de haber visto algo espantoso en una noche de Halloween anterior. El padre dice:

—Por favor, cuida de mis niñas, Rose. Y por favor, llámame a mi trabajo si hay alguna emergencia. Y lo más importante, Rose, no abras la puerta a nadie que esté pidiendo dulces.

—Por favor, no se preocupe, señor. Mi hermano, Joe, pasará a vernos.

El Sr. LaVaughn dice:

—Cuando era niño vi a una bruja real en Halloween. Dijo que se llamaba Samara. Parecía estar poseída por un demonio maligno.

—¡Oh, qué horrible! —dice Rose.

—Preferiría no hablar más de las pesadillas de Halloween, señorita Rose, pero mi recuerdo de esa bruja llamada Samara es muy real. De nuevo, por favor, no abra la puerta a nadie, aunque la puerta de entrada está cerrada con llave. Nadie puede entrar. Adiós, Rose —el padre saca la llave de la puerta asegurada.

—Adiós, señor, y no se preocupe —dice Rose.

Una vez que el Sr. LaVaughn se ha ido, Rose comprueba cómo están las dos niñas, que ahora están en su dormitorio, y luego va a la sala familiar de atrás, lejos de la ruidosa calle de enfrente, para poder leer la Santa Biblia. Abre la Biblia al azar y empieza a leer la primera página que ve. En esta noche de Halloween, lee la historia del ángel caído Molech que desea secuestrar niños pequeños para sacrificarlos. Esto le recuerda a Rose un lugar real llamado Bohemian Grove, un campamento forestal privado de veintisiete acres situado en Monte Río, California. Bohemian Grove es donde se creó una enorme estatua del búho cornudo Molech para hacer sacrificios humanos debajo de ella. Muchos humanos que de alguna manera han adquirido poder en este mundo acuden allí una vez al año, la mayoría en la noche de Halloween.

Mientras Rose lee, las dos niñas, Michelle y Amanda, cuyo dormitorio está en la parte delantera de la casa, se quedan profundamente dormidas. Amanda tiene un sueño tranquilo y pesado, mientras que la enérgica Michelle tiene un sueño ligero.

De repente, justo antes de la medianoche de Halloween, mientras todos los habitantes de la casa duermen, Michelle se despierta. Es una noche de Halloween inusualmente calurosa, con el viento silbando. Asustada, Michelle oye pasos en la puerta de su casa. Suenan como los pasos de una persona enorme, probablemente un hombre que lleva unos pesados zapatos de vestir. Misteriosamente, la pesada persona empieza a subir por el pasillo hasta la puerta principal, aparentemente sin haber saltado o roto la alta verja asegurada, y simplemente estaba caminando como si hubiera pasado a través de la verja. La niña Michelle, temblando de miedo, se pregunta qué está pasando. De repente, los pesados pasos de la persona se detienen en la puerta principal. Michelle se aferra a sus mantas. Entonces, oye que la puerta mosquitera delantera emite fuertes chirridos, como si algo con grandes garras de gato estuviera arañando con fuerza la puerta mosquitera, solicitando entrar.

Rose, en ese momento, oye a una mujer llorando delante de la casa, diciendo:

—¡Ay, mis hijos! —de repente, Rose oye un ligero gruñido de un león o un dragón en la puerta principal. Rose, temblando de miedo, se levanta de su silla, dejando caer su Biblia y su teléfono móvil al suelo. Hiperventilando y presa del pánico, busca desesperadamente su teléfono móvil, pero no lo encuentra. Entonces coge nerviosamente el teléfono fijo de la casa y se pone el auricular en la oreja. Mientras intenta llamar a su hermano, Joe, escucha un infierno ardiente con muchas personas llorando de dolor. Una poderosa voz maligna dice:

—¡Abre la puerta! —Rose deja caer el teléfono al suelo y se tapa la boca con las manos. Comienza a caminar hacia la zona de la puerta principal con las manos sobre la boca, temblando, intentando no gritar. Sin embargo, grita con todas sus fuerzas:

—*¡Aaaaah!*

El grito hace que Michelle grite:

—*¡Aaaaah!* —la pequeña niña deseó desesperadamente correr hacia su niñera, Rose, o despertar a su hermana que duerme profundamente en una cama individual contra la pared opuesta, pero está demasiado asustada para moverse. A pesar de que el calor, inusual para la noche de Halloween, es insoportable, Michelle, que estaba llorando mucho de miedo, se pone rápidamente su gruesa manta sobre la cara. Esto la hace sudar aún más.

Joe, que acaba de salir de la casa del Sr. Robinson, se encuentra a pocas casas de distancia, caminando con Herbie al hombro. De repente, ambos escuchan gritos de mujeres. Joe rápidamente desenvaina su santa espada de ángel. Dice:

—¡Herbie! Esa voz suena como la de Rose. Mi sexto sentido siente el mal cerca —en ese momento corrió hacia la casa de Michelle, donde Rose está de niñera. Herbie se aferra a la nuca de Joe, como si montara un caballo en el Derby de Kentucky.

Herbie dice:

—¡Vamos, Joe! ¡Más rápido, Joe! *¡Awk!*

En ese momento, Michelle, llorando histéricamente y terriblemente asustada, grita en su mente: *¡Que Dios me ayude!* Entonces el ruido de fuera cesa de repente, y ella siente paz. Se vuelve a quedar dormida mientras Joe se enfrenta a varios demonios en el exterior.

—¡No te preocupes, Joe, te cubro la espalda! *¡Irk!* —dice Herbie valientemente. Salta del hombro de Joe. Sus ojos de loro se abren de par en par mientras vuela por encima de su cabeza y da consejos a Joe, que está a punto de enfrentarse a tres demonios. Joe ataca al demonio de la puerta principal. Los otros dos están cerca de la ventana de Michelle. Joe, con su espada en la mano derecha, extiende su brazo por completo para generar una poderosa fuerza motriz con ambas piernas, lanzando todo su ser hacia adelante como el disparo de una bala. Impulsado en el aire se eleva, desafiando la gravedad. Su espada atraviesa el pecho del demonio.

—*¡Ahrr!* —grita el demonio, cayendo con fuerza al suelo.

Joe, sabiendo que su hermana está cuidando a las pequeñas Michelle y Amanda dentro, grita:

—¡Eh, Rose! ¿Está todo bien?

Rose, todavía en estado de shock, se asoma a través de las cortinas del salón delantero y ve a su hermano, Joe, enfrentado a dos horribles criaturas. *¿Son demonios?*, se pregunta Rose. Entonces, corre hacia donde están las niñas. En el exterior, Joe inclina su espada para usar el lado plano de la hoja, reflejando la luz de la luna sobre los dos demonios.

Los demonios, sintiendo la poderosa bondad de Joe, huyen, gruñendo.

—*¡Hrr-loween!*

Herbie grita:

—¡Joe! ¡Joe!

Joe sonríe a su mascota Herbie y luego toma aire.

—¡Gracias, Dios! —vuelve a enfundar su espada y luego llama a la puerta principal.

Rose abre la puerta principal y dice:

—¡Estoy bien, Joe! Por favor, entra —después de abrazar a su hermano, va al dormitorio de Michelle y Amanda y observa que ambas niñas están cómodamente dormidas y a salvo.

Joe le dice:

—¡Está bien, hermana! Eres fuerte. Siempre estaré aquí para ti, Rose —Joe besa a su hermana en la frente para tranquilizarla.

—¡Gracias, Joe!

Herbie entra por la puerta abierta y dice:

—Vaya, está oscuro afuera. La luna... se ha ido. ¿Nos quedamos dentro, Joe? *¡Awk!* Joe niega con la cabeza y mira al exterior en esta oscura y sombría noche de Halloween. La luna desaparece de repente, una nube oscura la cubre misteriosamente. Sonríe a Herbie. Luego dice:

—Rose, quédate dentro y asegura todo —Rose besa a su hermano en la mejilla, dándole un cálido abrazo de hermana. Joe sonríe. Se da la vuelta para salir con Herbie. Oye a Rose asegurando la puerta principal, *¡clic!*—. Herbie, iremos a casa más tarde. Pero en la noche de Halloween, tenemos que seguir patrullando este enorme barrio, aunque tengamos que quedarnos fuera toda la noche.—exclama Joe.

Mientras Joe camina, con Herbie encaramado a su hombro, un coche de policía se acerca lentamente. La excelente visión de Joe le permite identificar al policía que está dentro del coche. Extiende su pulgar para solicitar que le dieran un aventón.

—Oye, Joe, no es seguro dar aventones. Y estoy de servicio, lo que significa que no debería llevar a nadie. Pero tú no eres cualquiera, Joe. También eres un voluntario de la reserva, un oficial por vocación, y hermano, ¡por decir poco! —riendo, el oficial de policía Jesse—¿Necesitas que te lleven, compañero? Sube, Joe y puedes responder por el pájaro, supongo.

—Me llamo Herbie, guardia de seguridad. *¡Irk!* —Herbie dice.

Jesse desconcertado dice:

—Bueno, el pájaro puede hablar. Y además es un buen ejemplar.

—Es un loro y también es mi amigo —dice Joe. Su sexto sentido le dice que Jesse es un buen ser humano que se ha criado con los sanos valores del campo sureño. —¡Gracias, Jesse! Te agradezco que me des un aventón, compañero. Va a ser una larga noche de Halloween. Oye, Jesse, ¿vas a pasar por la cafetería orgánica del Sr. Robinson en Rodeo Drive?

—¡Sí! Me has leído la mente, Joe. Me vendría bien una buena taza de café. Todos en la comisaría dicen que esta noche no va a haber ninguna película de vaqueros, sino una serie de películas de terror. Ese será el día en que vea algún monstruo.

¡Y no soy supersticioso, Joe! ¿Me entiendes, compañero? —dice Jesse.

—Te entiendo, Jesse. Y apruebo los granos de café recién molidos para hacer una *taza de Joe* en cualquier momento —dice Joe.

—Larga noche de Halloween, Joe. *¡Awk!* —dice Herbie, sacudiendo su cabeza de loro.

—Estoy contigo, mi amigo palomo —dice Jesse.

—¡Loro! Herbie es un loro. ¡Herbie es un caballero! Ten cuidado. *¡Irk!* —Herbie dice bruscamente.

—¡Bien! Ahora cálmate, mi erizado amigo con plumas. ¿Qué significa eso de que es un caballero? —pregunta Jesse.

—Oh, son cosas de Herbie. Siempre está bromeando. Cálmate, Herbie. Recuerda que un caballero posee la cualidad de la modestia —dice Joe. Herbie asiente con la cabeza en señal de aprobación, y luego se come la galleta que Joe le da.

Al cabo de unos minutos, llegan a la cafetería ecológica de Rodeo Drive. Jesse se desvía suavemente hacia el lugar de estacionamiento delantero designado para la policía. Una amplia sonrisa aparece en la cara de Jesse cuando ve a la actriz principiante rubia que está trabajando dentro. Dice el emocionalmente:

—¡Amelia! —ella trabaja a tiempo parcial en la cafetería orgánica, con la esperanza de que alguien famoso pase por allí y vea su potencial para Hollywood.

Jesse y Joe salen del vehículo policial. Justo antes de que entren en la cafetería, un gran grupo de motocicletas, unas 666 en total, conducidas por hombres con máscaras blancas de esqueleto, se detienen frente a la cafetería. El líder, muy alto, lleva una máscara de esqueleto blanca que parpadea con llamas rojas. El motorista líder se baja de su Harley-Davidson, camina hacia Joe y se coloca aproximadamente a medio metro frente a él. Mientras esto sucede, Jesse coloca su mano en su arma de fuego, listo para sacarla si es necesario. Joe mira directamente al líder y muestra un estado mental pacífico, de rectitud. El líder del grupo de motociclistas retrocede rápidamente y grita:

—*¡Augh! Ya nos veremos* —luego salta a su moto y hace señas a sus seguidores para que avancen. Todos huyen de la escena. *¡Vroom!*

Jesse dice:

—¿Qué demonios fue eso, Joe?

—No lo sé, Jesse. Entremos y tomemos una taza de café, amigo.

—¡Hola, Joe! ¡Hola, Jesse! ¡Hola, pequeño Herbie! —dice Amelia.

—Dos *tazas de Joe*, por favor, señorita Amelia —dice Jesse.

—¡Joe! ¡Joe! —dice Herbie mientras coge una bolsa de pistachos.

Joe sonríe a Amelia y dice:

—Dos bolsas de pistachos también, y por favor, perdóname por los modales de Herbie, Amelia. Es una larga noche de Halloween y Herbie tiene un poco de hambre.

—Te perdono a ti y a Herbie. Después de todo, Herbie tiene hambre, ¿verdad? Y es tiempo de fiesta en Halloween. Estaría bien que me acompañaras, Joe, a ese nuevo club de baile llamado Club Saman más tarde—dice Amelia.

Rápidamente, Jesse aprovecha el momento.

—Joe está comprometido con una chica encantadora que es la mujer de sus sueños, pero sería un honor acompañarla, señorita Amelia, cuando termine mi turno. Pero vayamos a un restaurante italiano. Los clubes no son seguros Senorita Amelia, en la noche de Halloween!

—¡Es una cita! —responde Amelia.

Joe y Jesse se sientan a beber sus tazas de café. Herbie come pistachos. Los tres ven pasar por la cafetería a niños y adultos disfrazados de Halloween.

Algunos de los niños entran en la cafetería y gritan:

—¿Truco o trato? —Amelia les da un beso a los niños y les

arroja chocolatinas dentro de sus bolsas. Joe coloca un Benjamin Franklin dentro del tarro de propinas de Amelia. Amelia le da amablemente a Joe un profundo y sensual beso en la cara, alcanzando a tocar la comisura de su boca. Mientras Joe se sonroja, su sexto sentido le alerta de que algo está ocurriendo fuera.

Cerca de la cafetería se encuentra el antiguo cementerio de Beverly Hills, donde un nigromante dice: —¡Levántense mis cuerpos malignos para crear zombis en esta noche de Halloween!—

Jesse es llamado por radio desde la central de policía, le informan que un asaltante desconocido que lleva una máscara de Halloween de aspecto gracioso, sin razón aparente, acaba de apuñalar a un viejo payaso de circo que estaba repartiendo caramelos en Rodeo Drive.

—¡10-4! 1 Beverly-12, ¡copia! —responde Jesse. Desde el interior de la cafetería orgánica, pulsa su mando a distancia para bajar por completo la ventanilla del lado del conductor de su coche de policía.—¡Tengo que irme, peregrinos! Nos vemos pronto, Amelia— dice Jesse. Amelia le guiña el ojo cariñosamente a Jesse, y Herbie le guiña su ojo de loro cariñosamente a Amelia.

—Yo cuidaré de Amelia por ti, Jesse. *¡Awk!* —dice Herbie. Joe se limita a dar un sorbo a su taza de café, sabiendo que también tiene que irse pronto, ya que es la noche de Halloween.

Como un chico campestre, Jesse salta a su vehículo policial a través de la ventanilla abierta del lado del conductor, sin abrir la puerta. Enciende su sirena de policía y luego acelera estrepitosamente mientras se aleja por la carretera.

Amelia dice:

—Vaya, esa tecnología de control remoto de ventanas que acaba de utilizar el oficial Jesse, viene de Industrias Saman. He oído que el dueño de Industrias Saman es el que ha abierto el nuevo club de baile, llamado Saman.

Justo entonces, un enorme guardia de seguridad nocturno llamado Hamburger, un jugador de la NFL cuya etnia es afroamericana, entra en la cafetería comiendo un sándwich. Senor Hamburger Dice:

—¡Feliz halloween senorita Amelia! ¿Podría darme por favor una taza de café para tomarla con mi sándwich?

—Claro, cariño. Y la casa invita. Ya sabes que eres nuestro guardia de seguridad favorito, guapo —dice Amelia.

—¡Muy agradecido! Adiós, señorita Amelia. Y si necesita algo, llámeme al móvil —dice Hamburger. Hamburger se va, dando un sorbo a su café y comiendo el sándwich que había traído de casa de su mamá.

Joe se levanta y se acerca a una estantería dentro de la cafetería. Al ver un montón de libros de calidad para leer, recuerda que su difunto padre, el Dr. Benson, le decía:

—Joe lee rápiedamente todos los libros, pero especialmente el Buen Libro, la Santa Biblia —Joe coge dos libros de la estantería, uno llamado *Historia del grano de café* y el otro es la Santa Biblia. Joe lee rápidamente el libro llamado *Historia del grano de café*. Da un sorbo a su taza de café y comienza a leer Efesios 6:11-12 de la Biblia: "Vestíos de toda la armadura de Dios, para que podáis estar firmes contra las asechanzas del diablo. Porque no tenemos lucha contra sangre y carne, sino contra principados, contra potestades, contra los gobernadores de las tinieblas de este siglo, contra huestes espirituales de maldad en las regiones celestes."

De repente, el sexto sentido de Joe le alerta de algo. La puerta principal de la cafetería se abre de par en par. Un anciano pequeño, vestido de oscuro, con la piel seca y escamosa, entra cojeando con sus malolientes piernas gangrenadas mientras sostiene un bastón de madera -*¡cluck!, ¡cluck!*-que tiene un mango hecho de una cabeza humana real encogida que se ha descompuesto.

—¡Soy de Nueva Orleans! ¿Me da un poco de café, por favor? —dice el hombre con acento criollo, mirando diabólicamente a Joe.

Amelia dice:

—Enseguida, señor.

—Babalao es mi nombre, niña —dice, sonriendo con dientes de oro y plata. Luego continúa mirando fijamente a Joe, intentando intimidarlo, pero Joe permanece tranquilo. De su bolsillo, Babalao saca un muñeco de vudú que se parece a Joe. A continuación, inserta agujas en la cabeza, los brazos y las piernas del muñeco, mientras entona una maldición. —He sido enviado por Papá Legba para guiarte al oscuro abismo... ¡Desplómate! En el nombre de

Damballa, el gran espíritu de la serpiente malvada, ¡Desplómate! Papá Legba lo exige —dice Babalao.

Joe, riendo, dice:

—¡Él no es mi papá! ¿oscuro abismo? Tal vez debería visitarlo algun día... ¡Para limpiar la casa!—Joe, despreocupado, sigue bebiendo su taza de café y leyendo el Libro Bueno como si nada hubiera pasado.

Amelia deja la taza de café sobre la mesa del Sr. Babalao, mientras este oculta la muñeco.

—Aquí tiene, señor —dice Amelia.

—Gracias, niña... Oh, ¿podrías darme un pequeño mechón de tu pelo?

Amelia está desconcertada.

—¿Mi pelo?

Joe interviene.

—¡No, señor! Por favor, no haga vudú en este lugar —dice Joe. Herbie niega con la cabeza, mientras Babalao mira a su muñeco y luego mira a Joe, atónito.

—¿Por qué no te has desplomado? ¡Yo, Babalao, decreto que mueras ahora mismo, hombre! ¿Por qué no te desplomas? —frustrado, Babalao cambia rápidamente sus ataques de vudú y extiende sus cartas sobre la mesa. Da la vuelta a una carta que muestra una tumba en Haití, y sonríe. De repente, residuos de galletas caen desde arriba sobre la cara y las cartas de Babalao, haciendo que el anciano tosa. Babalao, tosiendo, mira hacia el techo. Ve a Herbie en lo alto de una percha, comiendo galletas que están apiladas en sus garras. Muchos trozos caen sobre la cara de Babalao.

Herbie se ríe con ruidos de *puff-puff* y dice:

—*¡Awk!* Cuidado.

Babalao balancea furiosamente su bastón, con los afilados dientes de la cabeza de la calavera mirando a Herbie.

—¡Vete, pájaro! —dice. Herbie sale volando. El Sr. Babalao, haciendo una mueca, grita—: ¡Eres un hombre marcado! —luego balancea el extremo del mango de su bastón y hace pedazos la taza de café. Se ríe mientras el café salpica a Joe, profanando la Biblia que estaba leyendo.

Amelia, reteniendo a Joe, dice:

—Por favor, váyase, señor —Herbie, batiendo sus alas, listo para la batalla, mira a Joe, haciéndole saber que no está solo.

Joe dice:

—Ya ha oído a la señorita. Por favor, váyase, señor.

Babalao escupe en el suelo delante de Joe. Luego canta:

—¡Baka va a por ti! — y lanza otros hechizos vudú sobre Joe.

Pero Joe se limita a sonreír, recordando que su Sensei Musashi le dijo:

—Joe, un verdadero guerrero, no compite con nada. Derrotar significa vencer la mente de contención que albergamos en nuestro interior.

De repente, una fea bestia canina se acerca, abre la puerta principal del café y gruñe ferozmente a Joe. Babalao dice con valentía:

—¡Sí, es Baka que viene a por ti, hombre! —Baka es de tamaño medio, con músculos como los de un pitbull, pero con la velocidad y las habilidades de caza de un coyote. Babalao saliva mientras extiende su bastón para golpear a Joe. Joe desenvaina su espada y adopta la posición de esgrima, en guardia. Respira lentamente, con la adrenalina a flor de piel, preparado para lo que le depare Halloween.

Herbie le aconseja:

—Son dos, Joe. Mantén la vista, *Awk.*

—¡La noche de Halloween es mía, y tú vas a caer, viejo! —dice Babalao. Con saña, balancea su bastón horizontalmente hacia Joe. Suavemente, Joe se agacha bajo el bastón. Mientras sigue agachado, extiende su espada para atravesar la rodilla derecha de Babalao, y luego mueve fluidamente su espada ligeramente hacia la derecha, acuchillando al perro bestia en la boca. Toda la sangre vuela en el aire, enviando sus enormes dientes por todas partes, y algunos aterrizan en las tazas de café. *¡Clink!*

Joe, todavía de rodillas, sacude su espada para eliminar simbólicamente la sangre del oponente, completando así su ataque.

Con mucho dolor, Babalao grita:

—¡Tendrás lo tuyo, hombre! —Él y el perro bestia salen de la cafetería, Babalao da un portazo al salir. Joe toma una bocanada de aire. Luego, todavía arrodillado, envaina su espada, colocándola de nuevo en su lugar. Se pone de pie mientras su amigo Herbie se posa suavemente en su hombro derecho.

—Déjame ayudarte, Amelia— dice Joe. Coge un trapo y empieza a limpiar la mesa llena de café derramado y trozos de taza de café.

—¡Joe! Mi amigo Joe —dice Herbie con orgullo.

Amelia dice:

—¡Vaya, hay gente muy extraña en la noche de Halloween! Gracias, cariño, pero voy a terminar de limpiar.

Joe y Amelia oyen de repente ruido fuera, el sonido de gente gritando frenéticamente en la calle.

—¡Quédate dentro, Amelia, por favor! —le ordena Joe. Rápidamente, sale de la cafetería orgánica, con Herbie en su hombro izquierdo. Todos los que están fuera, incluidos los niños que van disfrazados de Halloween, gritan horrorizados "¡Aaaah!" al ser testigos de cómo tres zombis masculinos se comen a Hamburger, el guardia de seguridad del local.

Hamburger dice débilmente:

—Hay que salvar a los niños —y cae muerto contra un coche aparcado en Rodeo Drive. Los hambrientos zombis, haciendo ruidos de resoplido como cerdos, dirigen su atención hacia Joe. Dejan el cuerpo del valiente guardia de seguridad que dio su vida por los niños que estaban en peligro. Los zombis caminan torpemente en dirección a Joe, hambrientos de más carne humana.

Los ojos de Herbie se abren de par en par.

—¡Cuidado, Joe! —dice Herbie. Joe levanta su brazo delantero, elevando su cuerpo. Encaja su pierna derecha en el pecho y se impulsa con el pie izquierdo para avanzar, lanzando una potente patada lateral al torso del zombi más cercano. El zombie es impulsado hacia atrás y choca contra el otro zombie, ambos caen como fichas de dominó al suelo.

Otro zombi intenta agarrar a Herbie, que está en el aire por encima de Joe.

—*¡Grrr!* —gruñe el zombi.

—Zombie malo. *¡Awk!* —dice Herbie. Él distrae al zombi para Joe. De repente, la cabeza del zombi es cortada por la espada de Joe. Otros dos zombis se alejan, dirigiéndose de nuevo hacia Babalao, que les espera en el oscuro callejón. Parece que se ha restablecido la paz en Rodeo Drive.

Todos oyen las sirenas de la policía a lo lejos acercándose a la zona. Joe golpea su espada contra el suelo mientras la sangre del zombi cae, completando su ataque. Luego vuelve a enfundar su espada, colocándola de nuevo en su vaina. Joe dice:

—Vamos al callejón, Herbie.

—No, Joe— Herbie traga saliva. —Mantente cerca de la pared, Joe —aconseja Herbie. Joe entra en el callejón y se desliza cerca de la pared oscura. Un zombi hambriento intenta morder los brazos y las manos de Joe, pero este le da un codazo en la frente. *¡Plop!* Explota, salpicando sangre y pus blanco en la cara de Joe y en las alas de Herbie.

—Qué asco —dice Herbie.

Otro zombi, procedente de las sombras, se acerca a Joe, gruñendo con hambre de carne humana:

—¡Grrr! —Joe levanta la pierna con rapidez y fluidez para dar una patada frontal empujando al zombi hacia atrás unos metros contra unos botes de basura. El zombi intenta recuperar el equilibrio. Las piernas elásticas de Joe saltan, elevándose del suelo, y lanza una patada lateral a la cara del zombi. ¡Pow! Joe aterriza en el suelo suavemente como un gato, y luego gira sobre la punta de un pie, su otra pierna pegada a su cuerpo y explota en extensión completa, generando poder para patear el abdomen del zombi. *¡Puf!*

El zombi escupe espuma azulada y maloliente por la boca y retrocede. Entonces Joe, desde unos metros de distancia, utiliza una concentración extrema para dar un paso lateral en dirección al zombi. Joe libera su *ki* y deja escapar un grito: "¡Kia!" El paso lateral de Joe produce una poderosa patada lateral, lanzando al zombi seis metros hacia atrás. El zombi cae con fuerza, aterrizando contra un gran contenedor de basura.

El zombi, en el suelo y echando espuma por la boca, con malas intenciones, intenta levantarse de nuevo, pero Herbie se abalanza. *¡Puf!* Golpea con fuerza la nariz del zombi con sus patas de loro. El zombi, incapaz de sentir dolor, agarra algunas de las plumas de Herbie.

—*¡Ay-irk!* —Herbie grita. Joe le da una patada en la cara al zombi, como si tratara de hacer un gol de campo de sesenta yardas. La sangre mezclada con el pus del zombi sale disparada en el aire mientras la cabeza del zombi se desconecta de su cuerpo y vuela hasta el otro extremo del callejón, aterrizando dentro de un contenedor de basura. —¡Gol de campo! —grita Herbie.

Joe, con la adrenalina a flor de piel, siente que algo sigue ahí en la oscuridad. *Es Babalao*, piensa Joe. Saca su espada sagrada de ángel y se prepara para el golpe de gracia. Mientras Joe se concentra en encontrar a Babalao, Baka, el malvado perro bestia con las agudas habilidades de caza furtiva de un coyote, se acerca sigilosamente a Joe, enseñando sus enormes dientes. De repente, Herbie ataca ferozmente los ojos de Baka con sus garras.

—¡Joe! —Herbie grita. Baka, cegado por el ataque, consigue de alguna manera que Herbie entre en su boca. Herbie lucha para no ser comido.

—¡No! —Joe grita. Baja su espada para hacer un corte diagonal, cortando la cabeza de Baka.

—¡Wow! *¡Awk!* Por poco Joe!—dice Herbie agradecido mientras se retuerce para salir de la boca de Baka. Joe respira parcialmente aliviado, ya que su sexto sentido aún le dice que el peligro está cerca.

Con sus sirenas a todo volumen, llegan algunos agentes de policía de Beverly Hills, que encienden sus luces largas en el callejón, haciéndose cargo profesionalmente de la escena.—¡Lo tenemos, Joe!—Con una voz fuerte dice el sargento de policía.

¡Papá Legba! De repente un riudo espeluznante que proviene de un contenedor de basura. El viento y la basura vuelan por el aire, golpeando a los agentes en la cara. Sacan sus pistolas. El sargento tiene su escopeta amartillada y lista para disparar. Las luces largas de sus vehículos se apagan. Algunos se esfuerzan por encender sus linternas. Los sonidos de Papa Legba provienen del abismo. De repente, Babalao salta del contenedor de basura. Se ha transformado en un zombi con dientes de vampiro. Balancea su bastón, intentando morder cualquier cosa humana. *¡Bam! ¡Bam! ¡Pum!* Los agentes descargan sus armas contra Babalao. Entonces, *¡kaboom!* El sargento de policía dispara su escopeta del calibre 12, volando parte de la cabeza de Babalao. El pus rojo verdoso de los

zombis salpica las caras y los uniformes de los agentes de policía.

—¡Maldita sea! Otro humano en la noche de Halloween que se ha drogado con sales de baño de venta libre —dice el sargento de policía. Joe, haciendo uso de la economía de movimientos, coloca su espada sagrada en su vaina en el lado izquierdo de su cintura.

—¿Sales de baño? Estás ciego. *¡Awk!* —dice Herbie. A continuación, Joe presta su declaración sobre lo ocurrido, al igual que muchos otros testigos.

El sargento de policía dice:

—Joe, eres un héroe. También lo es el guardia de seguridad muerto. Oye, Joe, tu espada parece el verdadero McCoy.

Otro policía dice, obviamente, defendiendo a Joe:

—¡Tranquilo, sargento! Hay que ir disfrazado de Robin Hood o de caballero para pasear por las calles en la noche de Halloween, ¿no? —el sargento de policía sonríe y asiente con la cabeza. Él y los demás agentes, tanto hombres como mujeres, se limpian la sangre y la pus de los zombis de la cara. Sin embargo, se preguntan con suspicacia por qué Joe parece tener una espada de verdad. Joe, sabiendo lo que están pensando, se limita a sonreír. No responde a ninguna pregunta. Con Herbie en su hombro izquierdo, se aleja como el espíritu guerrero que es.

El equipo de CSI de Beverly Hills llega para hacer la recuperación de pruebas y luego realizar una rápida limpieza para que la noche de Halloween pueda continuar. El sediento sargento de policía desaparece rápidamente de escena policial y entra a la cafetería orgánica para terminar de limpiarse en el baño. Luego coge una taza de café. Ve al teniente de policía sentado tomando café.

—¡Ya he pasado por eso! —dice el teniente, riéndose del sargento.

En el camino, un poco más abajo, en esta horrible noche de Halloween, está Jesse, que sabemos que es un chico de campo. Resulta que es un nuevo policía en Beverly Hills, California. En su tierra no hay mucho trabajo, porque la fauna y la flora, incluidos los peces, se han agotado a causa del crecimiento de la población mundial. Jesse decide ir a la gran ciudad para conseguir trabajo y enviar dinero a su casa cada mes para ayudar a los gastos de su numerosa familia. Mientras Jesse conduce su coche patrulla, se acuerda de su abuelo Luke, recientemente fallecido, que le advirtió sobre el mal de la gran ciudad y le dijo que tuviera mucho cuidado. Jesse piensa que cumplirá veinte años como policía y luego se retirará a las colinas, donde están todos sus parientes.

De repente, Jesse recibe una llamada a través de la radio de la policía, con instrucciones para identificar a un sujeto que encaja con la descripción de un hombre grande que lleva una divertida máscara de Halloween y que corre con un cuchillo de verdad que chorrea sangre. *Hmm,* supone Jesse. Al pasar por un nuevo local de baile llamado Club Saman, Jesse ve a Joe, con su loro Herbie al hombro, dirigiéndose en esa dirección.

—¡Wow! ¡Ese lugar sí que es un éxito! Pero tengo una sensación incómoda. Supongo que es el chico de campo que hay en mí —dice Jesse mientras sigue conduciendo junto a las luces parpadeantes del Club Saman. Al doblar la esquina hacia un barrio residencial, ve a un hombre que lleva una máscara de Halloween de aspecto gracioso que muestra sus enormes y feos dientes amarillentos como hongos, que sobresalen fuera de la máscara. El hombre, al ver que el oficial Jesse se acerca a la escena, se ríe al principio salvajemente, y luego gruñe como un chacal:

—¡Arr! —a continuación, corre hacia la rumoreada Mansión Embrujada de Beverly Hills en la noche de Halloween. Jesse contempla si debe pedir refuerzos según el protocolo. Sabe que los refuerzos estarán a unos diez o treinta minutos de distancia, dada la alta criminalidad de la noche de Halloween. Beverly Hills ha sufrido recientemente recortes presupuestarios, por lo que ahora el cuerpo cuenta con menos agentes de policía.

—Parece que tiene el sello de aprobación del Diablo —había dicho el reverendo de la iglesia local en la reunión municipal. No obstante, eso es política, según Jesse, cuya aguda conciencia y oídos de cazador de campo captan el grito de una mujer dentro de la mansión embrujada.

Jesse dice:

—¡¿Qué demonios?! Será mejor que entre y ayude a la mujer —intenta utilizar su radio policial para pedir refuerzos, pero la batería de la radio está agotada—. ¿Qué? Tienes que estar bromeando. Y además es la noche de Halloween. Hubiera jurado que la batería de esta radio estaba completamente cargada —dice Jesse.

El agente de policía altamente capacitado se acerca con cautela a la casa. Al abrir la chirriante puerta de entrada, saca su pistola policial de 9 mm con un cargador de veinte cartuchos. Con la otra mano, coloca su linterna junto a la pistola, combinando las dos cosas juntando sus dos muñecas como una cruz.

—Ojalá tuviera una cruz o una Biblia conmigo —se dice a sí mismo Jesse.

Mirando a su alrededor, el oficial no ve a nadie. Mirando hacia arriba, observa que la luz viene de debajo de la puerta del dormitorio superior.

—¡Miau! —grita un apestoso gato negro a medio metro de distancia, mirando a Jesse.

Respirando con dificultad, Jesse se dice a sí mismo:

—Tranquilo. Cálmate —el gran gato negro, no muestra ningún temor hacia el agente. De repente, aparece un enorme hombre marciano con ojos ovalados que lleva una máscara de apariencia divertida ojos de platillo que lleva una máscara de aspecto gracioso con dientes feos y manchados que sobresalen, y un aliento fétido que huele a alcantarilla y que inmediatamente provoca al oficial Jesse un dolor de cabeza instantáneo. Comienza a caminar peligrosamente hacia el oficial, diciendo:

—¡Soy Belcebú, y tú eres mío!

Mientras el hombre sigue caminando en dirección a Jesse, este le grita órdenes:

—¡No! ¡Detente! ¡Tírate al suelo! ¡Sobre tu vientre!

El hombre grande que se hace llamar Belcebú muestra sus feos dientes protuberantes como si quisiera morder al oficial Jesse a través de su máscara de aspecto maligno. Continúa caminando en dirección a Jesse sin miedo, empuñando un gran cuchillo de aspecto afilado. Con manchas de sangre oscura y ma loliente, sus enormes y malvados pies hacen sonidos en el suelo como si fueran ladrillos: *¡Clump! ¡Clump! ¡Clump!* Al oler el aliento tóxico que sale del orificio de la boca de la máscara mesoamericana, Jesse, con el corazón palpitante, empieza a disparar balas a bocajarro contra el horrible hombre, pero Belcebú sigue acercándose a él, ya que las balas le golpean, pero no le hacen daño. Jesse dice:

—¡Que Dios me ayude!

El enorme hombre malvado deja caer de alguna manera su cuchillo. Gruñe furiosamente, soltando un sonido infernal, mientras aprieta los puños. Entonces balancea su enorme puño derecho hacia Jesse, liberando su poderosa energía desde el abismo, golpeando al oficial Jesse con extrema fuerza en el lado derecho de su cara. ¡Crack! Jesse siente y escucha cómo los huesos de su cara se rompen y estallan, lo que le provoca un dolor insoportable al instante. Cae al suelo. Jesse, delirante y con la visión borrosa, ve cómo el hombre malvado coge su enorme cuchillo y empieza a caminar hacia él. Jesse sabe que el hombre va a matarlo, por lo que reza a Dios para que no le deje sentir el frío golpe mortal del acero.

De repente, Joe entra en la habitación. *¡Clank!* La espada de Joe hace que el gran cuchillo caiga de las manos de Belcebú. Belcebú salta rápidamente hacia adelante, abalanzándose sobre las piernas de Joe, rodeándolas con sus brazos, y llevando a Joe al suelo, tirando la espada de Joe a unos metros de distancia. Mientras Belcebú está encima de Joe, Herbie vuela por el aire y dice:

—Jesse herido, Joe. ¡Awk!

Belcebú gira sus puños cerrados hacia abajo, golpeando la cara de Joe y rozando otras partes de su cuerpo.

Joe se mueve, decidido a no quedarse quieto. Recuerda que su Sensei Musashi le dijo: "Joe, debes moverte cuando estés en el suelo con tu oponente. Si te quedas quieto como un perro muerto, ¡morirás como un perro!"

Joe, debajo de Belcebú, curva su pie para atrapar uno de los pies y piernas de Belcebú, agarra el brazo del mismo lado de su cuerpo que la pierna atrapada y grita:

—*¡Oompah!* —Joe levanta la cintura, haciendo palanca y obligando a Belcebú a caer hacia delante y hacia un lado. Joe se pone encima de Belcebú, montándolo poniéndose en posición de ataque. Joe lanza poderosos golpes con los nudillos desnudos en la cara de Belcebú. *¡Pop! ¡Kapow! ¡Crack!* Le quita la máscara a Belcebú, revelando una presencia demoníaca. Belcebú rueda sobre su vientre para evitar los golpes de nudillos de Joe. Joe, aún en la cima, rápidamente envuelve sus brazos alrededor del cuello de Belcebú para estrangularlo. Él piensa que está quitando la vide del hombre malvado, pero esta persona no puede ser estrangulada, lo que le parece anormal a Joe. Joe usa sus rodillas para guiar a Belcebú cerca de donde pueda alcanzar su espada. Belcebú alcanza la espada de Joe, pero Herbie se posa en el brazo de Belcebú a medio alcance y lo picotea furiosamente.

—*¡Arrh!* —Belcebú gruñe de dolor. Joe emplea su mano izquierda para mantener a Belcebú en el suelo. Agarra su espada con la mano derecha, la levanta rápidamente por encima de la cabeza de Belcebú, y luego, utilizando solo su mano derecha, deja caer su espada hacia abajo para un golpe certero, cortando la cabeza de Belcebú. Rueda como una pelota hasta llegar al muslo izquierdo de Jesse, en el que muerde profundamente con una presencia demoníaca.

—*¡Aar!* —Jesse grita de dolor. Unos minutos más tarde, el oficial Jesse se despierta en una camilla, mientras lo meten en una ambulancia. Menos mal que Joe usó su móvil para contactar con el equipo médico de emergencias.

Joe dice tranquilamente:

—Estás en buenas manos, Jesse —finalmente, la fuerza de refuerzo de la policía llegó.

Herbie dice:

—Joe... ¡Vamos! *¡Awk!* Ayuda a Rose.

—Claro, amiguito —Joe camina a paso ligero de vuelta a la ciudad, con Herbie encaramado a su hombro izquierdo.

Mientras los mejores policias de Beverly Hills observan al equipo de emergencias médicas que atiende al oficial Jesse, uno de los paramédicos dice:

—Es solo la noche de Halloween, con el típico drama de nuevo.

El sargento de policía, Bully, dice:

—¡Ojalá hubieras esperado a los refuerzos, Jesse!

Otro de los oficiales dice:

—Eh, tranquilícese, sargento. ¡Sabe que la política es que los oficiales deben hacer una acción de primera respuesta! Es una obviedad. Un oficial será despedido si espera a los refuerzos en estos días, ¿recuerda?

Mientras el oficial Jesse mira a sus hermanos oficiales en busca de consuelo, las lágrimas bajan por su rostro. Está triste porque sabe que no podrá llegar a la cita con Amelia. También llora por el violento horror del que fue víctima. El joven oficial tiene una expresión de angustia traumatizada en su rostro mientras la ambulancia lo lleva a toda velocidad al hospital más cercano. El compañero del conductor de la ambulancia, que está sentado en la parte de atrás con el oficial Jesse, estudia el rostro del paciente y dice:

—Parece que acabas de perder una cita con un hermoso ángel. Pero no todo está perdido... He encontrado algo en el suelo— entonces, el técnico de emergencias médicas busca una horrible máscara en el suelo y se la pone en la cara. De repente, su rostro se transforma. De la boca de la máscara sobresalen unos feos dientes. Con ojos rojos brillantes, el paramédico, que está sentado al lado del oficial Jesse, comienza a reírse diabólicamente con intenciones malignas.

—Ha-ha, hu-hu, he-he.

El oficial Jesse grita: "¡Nooo!" mientras se dirigen por la carretera hacia el hospital más cercano.

Capítulo 5

Ahora que ha terminado con sus tareas de niñera, Rose llega a su cita en esa noche de Halloween para reunirse con el propietario y gerente del Club Saman para discutir una posible actuación musical. Espera en la cola de la entrada, mientras las seductoras luces rojas brillantes parpadean, deletreando "Saman. Saman". Rose observa que a ambos lados de la gran entrada del Club Saman hay dos hombres enormes que llevan túnicas negras con capuchas sobre la cabeza, lo que impide verles la cara. Rose escucha misteriosos sonidos de animales procedentes de ellos. Además, los clientes que pasan junto a ellos oyen lo que parece ser un ruido de mucosidad nasal, algo así como los sonidos que haría un cerdo. A medida que Rose avanza en la cola, se encuentra justo debajo del encantador cartel rojo parpadeante de la entrada de Saman. Curiosamente, mientras algunas personas pasan junto a los dos enormes porteros, uno de ellos dice:

—Oye, grandullón, ¿qué dicen las palabras en letra pequeña debajo del cartel de Saman?

Inmediatamente, el hombre más grande gira su enorme cuerpo para mirar al cliente que está llegando.

—¡Cállate, humano! —el otro portero gruñe, haciendo un gesto con sus poderosos brazos para que los clientes sigan avanzando y vayan entrando al club.

Rose, mirando hacia arriba, ve otro cartel que dice:

—Entre bajo su propio riesgo. Todos los seres humanos tienen libre albedrío. El Club Saman no es responsable, de ninguna manera, de cualquier lesión física o mental que pueda resultar en la muerte mientras estés dentro del Club Saman.

Rose piensa que muchos negocios tienen miedo a las demandas. Mientras paga su entrada, observa a otras personas que colocan su mano derecha sobre un ordenador que de repente se ilumina con un resplandor rojo: el implante del chip humano. *¡Bam!* Suena el ordenador. Una misteriosa mirada aparece en los rostros de estas personas. Luego entran en el Club Saman sin pagar la entrada. (De acuerdo a lo que dice Apocalipsis 13:16 Y hacía que a todos, pequeños y grandes, ricos y pobres, libres y esclavos, se les pusiese una marca en la mano derecha, o en la frente.) Al entrar en el club, Rose escucha la música seductora que suena y observa a la gente bailando hipnóticamente. Caminando por el club, ve a gente fumando cigarrillos de marihuana autorizados, fumando hachís a través de una lata de refresco, o bebiendo dos botellas de licor al mismo tiempo, ¡con ambas botellas dentro de sus bocas!

¿Qué? Ojalá estuviera Joe aquí. ¿Dónde está el gerente o el propietario? Ciertamente, abandonaré este local si no me pongo en contacto con él pronto. Mi valiente hermano dice: *No tengas miedo de meterte en la boca del lobo si es la llamada del Padre, piensa Rose.* Se le acerca una anfitriona del Club Saman, que le pide que se siente en uno de los asientos para invitados cerca de la entrada. Rose se sienta. La anfitriona le dice:

—Le transmitiré su mensaje. Le transmitiré su mensaje —a continuación, la anfitriona se aleja con un comportamiento robótico.

De repente, una joven grita:

—¿Dónde está mi prometido, el Gran Jimbo?

No ha vuelto del baño.

Uno de los amigos de Jimbo dice:

—Sí, viejo. Es un hombre rudo del Cuerpo de Marines de los Estados Unidos. Pero vamos a ver qué pasó con el Gran Jimbo —varios jóvenes, amigos de Jimbo, se levantan de sus asientos y van en busca de su amigo. Cuando los amigos de Jimbo llegan a los baños de hombres y mujeres, ven una cola de gente, así que se ponen en la fila.

A medida que la gente avanza en la fila, ven a unos hombres enormes que llevan túnicas oscuras con capuchas que les cubren la cara, al estilo de la Parca. Estos hombres horribles y de aspecto misterioso les indican:

—¡Que la enfermera de la mesa le inserte nuestro chip RFID

humano especial del Club Saman en su mano derecha, por favor!
—(De acuerdo a lo que dice Apocalipsis 13:17: y que ninguno pudiese comprar ni vender, sino el que tuviese la marca o el nombre de la bestia, o el número de su nombre.

Algunas de las personas aceptan y se les permite entrar en los baños. Sin embargo, a los que rechazan el implante del chip, que se pretende que forme parte de su cuerpo, se les indica que caminen por un pasillo poco iluminado hacia los otros baños. Cuando esto ocurre, los enormes encapuchados refunfuñan.

Uno de los amigos de Jimbo dice:

—¡Al diablo con eso, hombre! Golpea tu cabeza contra la pared! ¡Nadie me va a poner una chip en la mano! ¡Solo estamos aquí buscando a nuestro amigo el Gran Jimbo! Vino a visitarnos desde la granja al recibir su honorable baja del Cuerpo de Marines de los Estados Unidos, todos ustedes tienen suerte de que no hayamos traído nuestros fierros con nosotros.

Entonces, uno de los amigos campesinos de Jimbo dice:

—¡Caramba! ¿Qué vamos a hacer?

El amigo chicano de Jimbo dice:

—No sé. ¡Vámonos, mis amigos!

Un amigo japonés, chino, filipino y alemán de Jimbo está de acuerdo y dice:

—Esto es una locura. Salgamos de aquí.

Un apuesto joven que es militar y líder natural de los amigos de Jimbo sugiere:

—Esto no es ciencia espacial. Todos, escuchen. Debemos salir de este establecimiento como un equipo ahora.

—¡Sí, hombre, salgamos de aquí! —dice alguien del grupo.

La prometida de Jimbo solloza:

—Pero yo quiero a mi Gran Jimbo. Por favor, ayúdenme a encontrarlo —todos los amigos del Gran Jimbo deciden entonces quedarse. Son todos jugadores de equipo, así que se dirigen a los otros baños, caminando por el pasillo amarillo—las paredes, el suelo y el techo son amarillos, con cegadoras luces púrpuras brillantes que parpadean en el suelo—según las instrucciones de una enfermera con cara de cerdo y misteriosos ojos brillantes.

Al final del pasillo, los amigos de Jimbo entran justo después de una puerta corrediza insonorizada. La puerta se cierra inmediatamente tras ellos. Oyen espantosos gritos de dolor más adelante. Preocupado, uno de los amigos del Gran Jimbo vuelve a comprobar la puerta corredera tras ellos:

—Oye, nos han encerrado aquí. Mi móvil tampoco funciona aquí dentro.

Los amigos de Jimbo, aunque están asustados, siguen avanzando. Se horrorizan al presenciar a unos hombres enormes con rasgos faciales de cerdo resoplando sonidos extraños mientras agarran a la gente y la arrastran a una habitación trasera. ¡Pum! A estas personas les rompen las extremidades con bates de béisbol, que utilizan para apalear sus cabezas, caras y otras partes del cuerpo. Todos los amigos de el Gran Jimbo intentan escapar, pero sus esfuerzos son en vano. Se convierten en víctimas una vez que son dominados por enormes hombres vestidos como la parca y con cara de cerdo que tienen la fuerza de un demonio en esta noche de Halloween.

La prometida de Jimbo ve por fin el cuerpo sin vida del gran Jimbo, sobre un montón de cuerpos que han sido apaleados hasta la muerte. Ella grita, *"Aaaaa!"*

Las escrituras dicen en Corintios 3:16-17: ¿No sabéis que sois templo de Dios, y que el Espíritu de Dios mora en vosotros? 17 Si alguno destruyere el templo de Dios, Dios le destruirá a él; porque el templo de Dios, el cual sois vosotros, santo es.

Lejos de la zona de los baños, Rose está sentada cerca de la pista de baile. Ella espera pacientemente la llegada del gerente, pero ella no sabe que es también el director general del Club Saman. En una enorme habitación oculta en el piso de arriba está el director general sentado en su trono hecho de oro que tiene un poste plateado debajo que puede levantar la silla tan alto como él quiera y baja hasta el nivel del suelo. Se sienta en medio de esta habitación rodeado por su enorme computadora que utilizada para predicciones analíticas de invensión. Y justo en frente de él hay un cuenco morado de 3 pies de diámetro, 6 pulgadas de grosor y 9 pulgadas de profundidad lleno de agua de un arroyo en movimiento. Este cuenco púrpura descansa sobre un tripié de latón. El director general mira fijamente en el agua escudriñando, mientras la voz de un hombre desde el fondo del agua dice: —¡Soy Saman! Escucha y mira las profecías que se desarrollan ante tus ojos.—

Misteriosamente, la música de baile cambia. La gente siente una poderosa presencia. De repente, en el balcón, aparece un hombre muy guapo con un costoso traje hecho a la medida, que domina a todos los que están abajo, incluida Rose. Rose mira con asombro el magnetismo que proyecta este hombre. De repente, se siente atraída. El hombre se da cuenta de que ella lo está mirando y esboza una enorme sonrisa. La saluda con la mano derecha, en la que lleva un anillo de masón del agua. A continuación, baja las escaleras lentamente, evitando e ignorando a las demás personas, centrándose únicamente en Rose. Mientras él camina suavemente, ella desplaza sus ojos hacia los zapatos del apuesto magnate, para ver si hacen juego con su elegante traje. Sus zapatos son unos impecables zapatos de vestir de cocodrilo hechos a mano por John Lobb's de Inglaterra.

—¡Hola, señorita! Me llamo Edward DiCaprio. Soy el propietario de este establecimiento. ¿Puedo ayudarla? —dice Edward.

Rose le estrecha la mano y luego dice:

—Tiene usted un anillo similar al de mi difunto abuelo. ¿Ya lo conozco, Sr. DiCaprio?

—Sí, yo te he visto antes, Rose. Por favor, llámame Edward.

Rose pregunta:

—¿Dónde me has visto, Edward?

—Bueno, Rose, permíteme la oportunidad de compartir contigo una anécdota. Cuando te vi por primera vez, señorita Rose, estabas tocando un piano de cola mientras cantabas como song bird en un concierto benéfico aquí en Beverly Hills. Yo era mucho más joven entonces. Tu recuerdo se grabó a fuego en mi subconsciente, al igual que el atesorado recuerdo de mis difuntos padres, a los que acompañé aquella noche —dice Edward cordialmente.

Mientras Rose y Edward continúan su conversación, con una evidente química entre ellos, Edward percibe que Rose está incómoda en el club.

—Este lugar no es para ti, Rose. ¿Quieres salir para que podamos planear tu concierto benéfico?, que seguramente no será aquí en el Club Saman. Te lo aseguro, señorita Rose —dice Edward.

—Sí, Edward, has leído mi mente. Puedes acompañarme afuera por un breve momento.— En ese mismo momento, Joe entra en el Club Saman, pasando por la entrada principal sin ser revisado por los porteros, y sin que lo note el lector de chips manual de Saman.

Al encontrar a su hermana, le pregunta: —Rose ¿a dónde vas? ¿Y con quién?— Joe, te presento a Edward DiCaprio. Edward, te presento a mi hermano, Joe Benson.— Mientras ambos se dan la mano, Edward dice:—Joe, tu apretón de mano se siente inusual. ¿Nos conocemos de antes? —Tal vez... ¿A dónde vas con mi hermana?— Nos dirigimos a fuera, Joe. En mi opinión, este lugar no es apropiado para una dama como tu hermana, Rose—dice Edward.

Rose dice:

—Por favor, no te preocupes, Joe. Mi misión en la vida es traer música celestial para calmar el alma de las personas.—

Herbie salta sobre el hombro de Edward y lo olfatea.

—Está bien, Joe. *¡Awk!*—dice Herbie.

—Bueno, confío en que llevarás temprano a mi hermana a casa...

—¡Antes de medianoche, Joe! Prometo cuidar bien de tu hermana.

—Bien —dice Joe.

—Y, Joe, estos baños no son para ti. Necesitan ser reformados. Por favor, ve al otro lado de la calle si necesitas el baño —recomienda Edward.

—¿Los baños? Hmm... sí, los baños, Edward.

—Adiós, Joe —dice Rose, besando a su hermano en la mejilla. Entonces Edward hace un gesto a sus grandes guardaespaldas, que llevan máscaras de lucha, para que aparten a la gente de su camino, de modo que él y Rose puedan dirigirse con facilidad al exterior, a su limusina aparcada delante. Edward y Rose salen al exterior.

Mientras tanto, dentro del Club Saman, Herbie, agitando sus alas de loro, dice:

—Baño, Joe. *¡Irk!*

—¿Recomiendas que vayamos al baño, Herbie? —pregunta

Joe. Él está de acuerdo. Herbie salta sobre el hombro izquierdo de Joe mientras este avanza en dirección a los baños. El sexto sentido de Joe le dice que hay peligro, así que agarra el mango de su espada mientras camina hacia los baños. Recuerda que su Maestro Musashi le dijo: Joe, nunca estés desprevenido. Prepárate para lo que pueda venir.

Mientras tanto, Rose y Edward están a las afueras del Club Saman. Edward pregunta:

—¿Te gustaría acompañarme dentro de mi limusina y hablar, Rose? Es más privado que aquí fuera, donde hay gente por todas partes. No tenemos que ir a ningún sitio si no lo deseas. Sentados dentro de la limusina, podríamos escucharnos mejor que dentro del club —Edward saca un puro cubano del bolsillo y lo enciende con su encendedor de oro macizo hecho a mano en África. Menos mal que Cuba se ha reconciliado con Estados Unidos, un acontecimiento que es la punta de lanza de un posible orden mundial.

Con impaciencia, Rose mira a Edward. Sonriendo como el bello ángel que ella es, intenta mirar en lo más profundo de la mente de Edward. Edward sonríe mientras da una vigorosa calada a su puro cubano, que los envuelve a ambos en un aura privada de humo.

Percibiendo un juego de miradas, Edward dice impresionado:

—Rose, ¿prefieres que te llame un taxi? Y por favor, yo lo pago, no importa a dónde desees ir.

—No. Prefiero sentarme en tu limusina y hablar contigo, Edward —dice Rose. Siguen caminando hacia la limusina.

El jefe de los guardaespaldas se acerca a ellos, extiende la palma de la mano derecha y dice:

—Disculpe, señor DiCaprio, pero su viejo chófer está un poco enfermo. ¿Quiere que me encargue de conducir su limusina, señor?

—¡No! ¡Está bien! —Edward, frustrado por el comentario, apaga su puro en la palma abierta de su guardaespaldas.

—¡Ay! —grita el guardaespaldas.

—¡Escucha! ¡No vuelvas a hacer comentarios sobre mi chófer! ¿Entendido? —ordena Edward. El jefe de los guardaespaldas, asustado, se inclina, frente a él mientras sostiene la palma de su mano quemada y retrocede unos pasos hacia atrás. Edward abre la puerta de la limusina como un caballero para Rose.

—Gracias, Edward.

—De nada, Rose —dice Edward.

Una vez que ambos están dentro de la limusina, el chófer, que es un hombre mayor con un traje finamente confeccionado, dice:

—¡Hola, Bubo! ¿Puedo llevarte a ti y a tu encantadora amiga a algún restaurante tranquilo, pero elegante?

—No, abuelo. Todavía no. Solo conduce por los alrededores, por favor. Gracias, abuelo —dice Edward. La limusina se aleja de la zona.

Mientras tanto, de vuelta al interior del Club Saman, Joe se acerca a los baños. La señora que está en la mesa justo al lado del baño gruñe como un cerdo y le hace un gesto a Joe para que le coloquen un chip informático RFID en la mano derecha. Joe también hace un gesto con el dedo índice, indicando que no. Continúa caminando y llega a un pasillo amarillo con cegadoras luces púrpuras parpadeantes en el suelo. Dos enormes guardaespaldas siguen a Joe. Herbie dice:

—¡Joe! Detrás de nosotros. *¡Awk!*

—Lo sé, mi querido amigo emplumado... mantente alerta —dice Joe. De repente, al llegar al final del pasillo amarillo dónde se encuentran las baños asignados, Joe contempla un espectáculo horrible, cuatro hombres enormes con capuchas oscuras sobre sus rostros golpean y agarran a hombres y mujeres jóvenes. Mientras que uno de estos enormes hombres se acerca a Joe y luego lo alcanza, Joe desenvaina su espada. Con las dos manos en la empuñadura, realiza un corte ascendente y mueve su espada de izquierda a derecha, elevándose ligeramente como si hiciera un *home run.* Con este movimiento, corta al hombre grande por la mitad. *¡Flop!* La parte superior del torso cae al suelo, con sangre derramada por todas partes. Otros dos hombres intentan agarrar a Joe por detrás, pero este gira 180 grados con su espada para hacer un corte en el cuello de ambos, seccionando la cabeza de los asaltantes. A continuación, Joe gira su espada hacia el suelo sacudiendo la sangre.

Joe grita:

—¡Corran! —los hombres y las mujeres intentan correr, pero, asustados, se detienen conmocionados, ya que un hombre enorme del tamaño de un elefante, cuyos rasgos faciales se asemejan a los de un cerdo combinado con un jabalí, sale de la habitación trasera. Le siguen otros dos hombres grandes, que llevan capuchas oscuras sobre la cabeza para cubrir sus rostros. Los dos hombres grandes se quitan las capuchas y revelan sus rasgos faciales de cerdo. El hombre más grande, del tamaño de un elefante, se abalanza sobre Joe. Tranquilamente, Joe respira aire y luego desata su espada rápidamente para realizar una mezcla de cortes suihei horizontales y suichoku verticales, realizado siete cortes distintos en total.

El grande hombre cae al suelo en siente enormes pedazos, completando un *roku-dangiri*.

Herbie grita fuerte "¡Joe!"

Los otros dos hombres grandes gritan, *"¡Oink! Oink!"*

Joe grita a todos:

—*¡Corran! ¡Salgan!*—los hombres y mujeres corren inmediatamente hacia la puerta de salida. Entonces, los otros dos hombres grandes con cara de cerdo, que no tienen el tamaño de un elefante como su compañero caído, levantan sus porras de seguridad y atacan a Joe con la intencion de matarlo. Joe da dos rápidos golpes verticales, uno hacia arriba y otro hacia abajo, y corta las manos de ambos asaltantes. *¡Plop!* La sangre vuela por el aire como un taller de pintura automo triz mientras las porras de seguridad con las manos cortadas caen al suelo. Los hombres huyen temerosos de Joe, gritando de dolor:

—*¡Oink! ¡Oink!*

—¡Joe! *¡Awk!* —Herbie, preocupado, dice. Joe tiene sangre verde-marrón-roja por todas partes de los asaltantes que parecían cerdos.

—¿Qué eran esos, Herbie? —pregunta Joe.

Herbie agita las alas y sacude la cabeza desconcertado. Sugiere:

—Limpia, Joe.

Joe asiente con la cabeza. Se dirigen al lavabo del baño.

Mientras tanto, Rose y Edward disfrutan de una amena charla en la lujosa limusina. El chófer sonríe y luego cierra la ventanilla divisoria para que su nieto pueda tener algo de intimidad con la joven.

—Disfruté de su inspirador concierto hace años en la recaudación de fondos de la Fundación Benson. Mis padres me llevaron allí aún estaban vivos. Ahora solo tengo a mi abuelo, que es mi chófer personal. Rose, ¿te gustaría beber un poco de gua embotellada de mi empresa? —dice Edward.

—Sí, gracias,—dice Rose. Abre la botella de agua, bebe y luego dice: —Mm...bien. Si, Edward, ¡ahora te recuerdo! No dejabas de saludarme desde el público, pero mantuviste la distancia. Y ahora me tienes sentada junto a ti, Edward.—

—Rose, he estado ocupado con el negocio familiar, Industrias Saman, desde el desafortunado fallecimiento de mis padres —dice Edward con un suspiro de dolor.

—Edward, parece que tenemos algo en común. Ambos hemos perdido a nuestros padres. Sin embargo, parece que has recorrido un largo camino, Edward —cambiando de tema, Rose dice — El agua de la botella se siente muy refrescante y sabrosa... ¿Por qué?

—La botella está hecha de cristal para que sea más duradera. El agua fue embotellada desde el Monte Everest, un pozo a varios kilómetros de profundidad en la tierra con agua llena de minerales ancestrales.

¡Cuesta mil dólares la botella! Me alegro de que te acuerdes de mí, Rose. Siempre pensé que eras una mujer con los pies en la tierra, y de alguna manera sabía que ser una cantante de talla mundial no te cambiaría, Rose. Sin embargo, yo personalmente tengo un extraño dualismo dentro de mí, algo así como una dicotomía —responde Edward.

Rose hace una pausa.

—¿Por qué tu abuelo te llama Bubo? —pregunta Rose.

—Solo por ti, Rose, voy a responder a esa pregunta. Mi nombre completo es Edward Bubo Dicaprio. Sé que te preguntas por qué mi abuelo, que tiene ochenta años, es mi chófer. Mi abuelo es mi único pariente vivo desde que mis padres murieron trágicamente en un accidente de coche cuando sus frenos se estropearon misteriosamente. Puedo confiar en mi abuelo, hace un gran trabajo, y entabla una conversación interesante de camino a todas mis reuniones de la junta directiva.

Rose dice:

—Tu agua embotellada es muy cara; sin embargo, es realmente exquisita. ¿Por qué lleva el nombre de Saman?

—Puedo explicarlo, Rose. En cuanto al agua embotellada, bueno, ¡mi compañia es una corporación que posee el suministro de agua del mundo y sabemos que significa poder! Mi padre, cuando aún estaba vivo, era un político de una sociedad secreta que ocupaba un cargo con los masones del agua cuando yo era un niño. Nunca tuvo mucho tiempo para mí, y mi madre nunca interfería, ya que era una esposa *abnegada.* Mi abuelo, consciente de ello, empezó a llevarme a pescar. Un día, en el lago Los Carneros, en Santa Bárbara, California, un gran búho cornudo se posó en la rama de un árbol cercano a nosotros y no dejó de mirarme. ¡Mi abuelo me dijo que el búho cornudo me dijo que me iría muy bien en la escuela! También me dijo que lograría grandes cosas, ¡cosa que ninguna otra persona había hecho antes! Bueno, no sé si mi abuelo me dijo eso como un placebo, pero cuando volví a la escuela, sobresalí en mis estudios, obteniendo desde entonces buenas calificaciones. A veces, misteriosamente, un búho cornudo se posaba cerca de mí, así que mi difunto padre pidió a sus poderosos hermanos masones del agua que pusieran un pequeño búho cornudo en el anverso del billete de un dólar —cuenta Edward Bubo Dicaprio. Edward, con una lupa, le muestra a Rose el anverso del billete de un dólar donde está la cara de George Washington—. Ves, Rose, justo aquí, en la parte superior derecha, está el número 1, y encima de él un poco, ligeramente a la izquierda, se ve un búho con cuernos. Y por favor, me gustaría cumplir las profecías, así que prefiero que me llames Bubo —dice Edward.

—Sí, Bubo. Veo un pequeño búho cornudo un poco a la izquierda sobre el número 1 de arriba a la derecha. Increíble. No lo sabía —dice Rose—Todo esto es interesante, Bubo, pero ¿qué pasa con los masones del agua?

Bubo mira un texto entrante en el reloj de su móvil. Contiene información sobre el difunto abuelo de Rose, el general Arnold Benson, y su afiliación a los masones del agua de alto rango. Con la atracción que surge entre los dos, Bubo mira a los encantadores ojos de Rose.

—Los Masones del Agua son una sociedad secreta organizada. Sé que tu abuelo era miembro de esta organización; por lo tanto, me siento autorizado a cortejarte, si tienes la amabilidad de permitírmelo, Rose —dice Bubo, arrodillándose en el suelo de la limusina y mirando a Rose a los ojos.

—¡Sí, Bubo! —dice ella, riendo. —Por ahora, ¿podrías llevarme a casa? No deseo que haya problemas entre tú y mi hermano, Joe —dice Rose cariñosamente.

—Tu hermano, Joe, parece muy atlético. Tampoco quiero tener problemas con él. Gracias, Rose, por permitirme tener más tiempo contigo esta noche de Halloween. Por favor, Rose, escribe tu dirección en este buscador de direcciones que está conectado al sistema de mi abuelo. Mi empresa está trabajando mucho en chips RFID para drones informáticos y chips de ADN para drones humanos —presionando la parte inferior para que la ventana divisoria se deslice hacia abajo, Bubo dice —Oye, abuelo, por favor, tómate tu tiempo. No te apresures —Bubo se ríe. Su abuelo se ríe y levanta la mano derecha, que lleva implantado un chip humano, para mostrar su satisfacción.

Rose escribe la dirección de su casa en una pequeña libreta eletrica que está conectada al auricular del chófer. Entonces recibe una llamada en su teléfono móvil. Es Joe.

—Sí, hermano. Estoy bien. El joven Edward Bubo DiCaprio me está llevando a casa desde el Club Saman. Hemos estado conduciendo de un lado a otro mientras hablábamos, familiarizándonos el uno con el otro —asegura Rose.

—¿Ah, sí? Pues dale las gracias, y coméntale que hablaré con él pronto, a solas. ¡Y Rose, por favor, mantente alejada del Club Saman! Estoy preocupado por ti —dice Joe.

Herbie grita:

—¡Aléjate de Saman! ¡Rose! *Awk.*

—Bien, Joe y Herbie. Los quiero a los dos. Adiós —dice Rose.

Joe también se despide y guarda su móvil en el bolsillo. Vuelve a lavarse la cara y las manos en el lavabo del baño. Herbie también se zambulle en el fregadero lleno de agua que Joe ha preparado para él. Se lava la cabeza, las patas y las plumas de loro. Hay paz en el Club Saman, al menos por ahora...

Mientras tanto, la limusina llega a la mansión Benson. El abuelo chófer abre la puerta para Rose y Bubo.

—Un placer atenderlos, señorita Rose, y mi querido nieto.—dice el abuelo de Bubo. Siempre caballeroso, Bubo acompaña a Rose hasta la puerta de la mansión. Joe percibe su llegada. En los escalones que conducen a la puerta principal, Rose y Bubo se detienen. Parece que ambos se resisten a abrir la puerta principal, que pondrá fin a su noche de Halloween juntos. Sin embargo, la puerta principal se abre.

—¡Hola! —dice Joe.

—Joe, te presento Edward DiCaprio de nuevo. Y Edward te presento a mi hermano Joe Benson otra vez—dice Rose. Edward y Joe se dan la mano. Edward pone a prueba a Joe apretando con fuerza; sin embargo, Joe libera la presión de la mano de Edward apretando con fuerza, lo que hace que uno de los nudillos de Edward truene. Después de todo, la mano derecha de Joe es la más fuerte. Inmediatamente, Rose dice: —Ya basta, ca balleros —Joe sonríe. No puede evitar notar que Edward tiene un anillo de masón del agua en su dedo, como el que llevaba su abuelo.

—Es un placer verte de nuevo, Joe. Y sinceramente, hablando desde mi corazón, me reconforta asegurarme de que Rose llegó a casa sana y salva en esta noche de Halloween —dice Edward.

—Sí, se lo agradezco, señor DiCaprio. Adiós —dice Joe.

—Bueno, me apresuraré a salir ahora que estás a salvo en casa, Rose. ¿Existe la posibilidad de que tenga el honor de contar con tu amable presencia de nuevo, Rose? —pide Edward manteniendo a Joe en su visión periférica. Parece que Rose le gusta al magnate Edward Bubo Dicaprio.

—¡Claro que sí, Edward! Por favor, llámame pronto —dice Rose. Le da a Bubo su número de teléfono móvil.

—¡Adiós, señor! —dice Herbie, también con confianza. Todos se ríen.

El magnate sube a su limusina. Se aleja a toda velocidad en esta noche de Halloween.

Mientras Rose se va a dormir, Joe se escapa de la casa con

Herbie para hacer algunas rondas más por la ciudad, ya que la noche de Halloween aún no ha terminado. En una ladera cerca de Beverly Hills, hay un castillo con muchos vampiros humanos donde el líder Drácula Alexander dice: —íFamilia, salgan acomer y beber!—

De vuelta al Club Saman, una camarera se acerca a un veterano de guerra elegantemente vestido.

—Oiga, señor, me he dado cuenta de que se ha colocado cerca de la puerta principal, los baños y el balcón del Club Saman, y que no ha bebido ni fumado nada en todo el tiempo que ha estado aquí. Tal vez quiera entrar en el baño de hombres que está al final de ese pasillo, donde tienen muchas cosas como caramelos de chocolate, narcóticos y compañía femenina —dice la camarera.

—Bueno, así es, señorita. Desde este lugar, puedo ver a todas las chicas y matones que van y vienen, y no bebo en un lugar al que nunca he ido, y tampoco fumo hierba, porque entonces así no podré pelear. Soy un cazador, un guerrero, así que no le pago a las putas, también soy un conquistador con encanto, un hombre de mundo, y un ex-militar veterano de guerra.

—Oh, usted es uno de esos. De acuerdo, señor —dice la camarera. Luego se aleja, hablando por su micrófono inalámbrico y escuchando por el auricular.

El veterano de guerra está sentado en un rincón poco iluminado. Se pregunta... ¿Por qué son muy pocas las mujeres y los hombres que salen del baño? En realidad no me importan los hombres, pero las chicas se quedaban en ese lugar por un largo rato. Debe haber una gran fiesta dentro de esos baños.

—¡Oh sí, ahora lo recuerdo! ¡Es la noche de Halloween! —dice el veterano de guerra. —Vaya, aquí viene una chica. Oye, nena, ¿qué tal un baile suave y lento? No muerdo —pregunta el veterano de guerra, con la testosterona pateando fuerte en su sangre.

Ella dice:

—Me llamo Ruth.

—Me llamo Rooster, un veterano de guerra —dice Rooster.

—¿Ah sí? ¿Eres un veterano de guerra? —la joven atlética frunce la boca y se acerca al veterano, que está sentado en una zona a varios metros de distancia del largo túnel que lleva a la entrada del baño.

—Sí, Ruth, cariño. ¿Quién es tu papito?—dice con voz áspera el veterano de guerra de aspecto feroz. Ruth besa a Rooster en la mejilla. Él la acerca a su voluptuoso cuerpo. De repente, siente un dolor y un calor extremos en el cuello. Al apartar la cabeza para ver qué está haciendo ella, huele un olor desagradable que sale de su boca. Entonces ve sus grandes y puntiagudos dientes de vampiro podridos con su sangre.

—¡Vete, zorra! —grita el veterano de guerra, intentando apartarla de él.

Sin embargo, en esta noche de Halloween, ella es muy poderosa. Continúa sujetándolo en la esquina mientras le chupa la sangre. Suena como una pajita aspirando una bebida.

—¡Mm! ¡Esto es delicioso!— dice la mujer vampiro, mientras los ojos del veterano parpadean por la falta de sangre.

De repente, Joe se da cuenta de lo que está pasando, ya que acaba de entrar en la zona. Herbie vuela por los aires y Joe hace una llave de estrangulamiento de arte marcial posterior a la mujer vampiro, arrancándola del veterano de guerra.

Sin embargo, Ruth tiene muchas lociones y cremas en su frío cuerpo. Ella se escapa de las garras de Joe y luego salta alto para dar una bofetada a Herbie. Las plumas del pájaro explotan en el aire mientras Herbie dice:

—*¡Awk!*

Joe siente que ella está en el techo oscuro, pero no puede verla. Entonces Ruth aterriza suavemente detrás de Joe, acercándose sigilosamente para lanzar un ataque sorpresa.

Joe dice:

—Mi sexto sentido siente el peligro, pero ¿dónde está Herbie? —sin que Joe lo sepa, Herbie está en una cornisa arriba, atendiendo sus heridas. Ruth agarra a Joe por detrás, intentando morderle el cuello. Pero Joe puede controlar el espíritu interior de su atacante. Joe extiende la mano derecha por detrás de su cuerpo y la coloca debajo de la axila de Ruth. Se inclina hacia delante para dar una voltereta de *judo* al cuerpo de Ruth y lo redirige hacia una mesa ejecutiva llena de champán y caviar.

¡Splash! Joe esboza una sonrisa mientras los hombres y mu-

jeres de esa mesa, médicos, abogados, empresarios, políticos y una estrella de la NBA, golpean a Ruth con sus puños. Ruth se retira de la mesa y desaparece en una zona oscura. A continuación, las personas importantes hacen llegar a la mesa un enorme cuenco lleno de queso fondue con pan. La camarera quita la tapa. La estrella del baloncesto lanza un trozo de pan que golpea el borde del cuenco y luego cae dentro. El político dice:

—Necesitas ayuda, grandote —todos se ríen.

La camarera está a punto de abandonar la mesa. La estrella del baloncesto dice:

—Podrías meter una pelota de baloncesto en ese bol tan grande. Gracias, camarera.

La camarera dice:

—De nada —se aleja, emitiendo sonidos inhumanos como los de un cerdo.

Herbie se posa ahora suavemente en el hombro izquierdo de Joe y dice:

—Joe, ten cuidado: ¡mujer del diablo! *¡Awk!*

—Tienes razón, Herbie. Basta de juegos —Joe tiene un alto nivel de perspectiva universal que le enseñó su Sensei Musashi, que una vez dijo: La sociedad debe ser protegida.

Mientras Joe desenvaina su espada, Ruth se acerca sigilosamente desde la oscuridad, pero el veterano de guerra moribundo, que está tumbado en el suelo, rodea con sus brazos una de sus piernas.

—¡Yo también muerdo, perra! —dice, hundiendo sus dientes en el tobillo de Ruth.

—*¡Aurh!* —grita Ruth. Entonces agarra la cabeza del veterano con violencia y le rompe el cuello. Joe gira, blandiendo su espada horizontalmente, rebanando las dos piernas de Ruth con un suave movimiento samurái de su espada sagrada de "Ángel de Honor."

Joe grita:

—*¡Ashi!* —la parte superior del cuerpo de Ruth comienza a retorcerse hacia Joe como una serpiente y trata de morderlo. Joe se arrodilla y hace un corte a dos manos, blandiendo su espada hacia arriba como si hiciera un *home run*. La espada arranca la cabeza de Ruth, que sale volando y cae en el gran cuenco de queso fondue. *¡Swoosh!* El queso fondue salpica a todos los hombres y mujeres de la mesa.

Joe enfunda su espada.

—¡La luz de la mañana llegará pronto, pero ahora es la noche de Halloween! —dice Joe. Él y Herbie salen a patrullar un barrio residencial asiático.

Es la noche de Halloween en un barrio asiático. Mientras Joe y Herbie patrullan, Joe dice:

—Mi sexto sentido siente que alguien malvado me observa.

—No te preocupes, Joe. *¡Irk!* —dice Herbie. Observan a una pareja de padres de origen asiático saliendo de una casa. Estas personas van a salir de fiesta a la nueva discoteca de moda en Beverly Hills, llamada Club Saman, y dejarán a su hijo pequeño, Bao, en casa. Bao tiene unos cinco años, y sus familiares lo cuidan. Está esperando a que lleguen sus otros primos, comiendo galletas y bebiendo leche en la cocina. —Mmm, qué buenas galletas —dice Bao, mientras lee un libro de Confucius. —¡Siento la armonía! —dice Bao.

Escucha llegar a sus primos.

—¡Vamos de fiesta! —dicen los padres, que también han sido invitados a celebrar, recibiendo por correo entradas gratuitas para asistir al Club Saman la noche de Halloween. Bao va a la habitación de al lado, donde sus primos empiezan a ver una película divertida en la televisión. Trata de un genio mágico y gordo que lleva a Aladino a dar un paseo en alfombra por todo Bagdad. Bao se sienta en la alfombra cerca del televisor con cuatro primos de su edad.

Los otros dos primos mayores que lo cuidan tienen unos quince años. Todos los adultos han dejado la casa en esta noche de Halloween para ir a una fiesta solo para adultos en el Club Saman. Bao se siente feliz, viendo una película muy divertida sobre un ocurrente genio, y se ríe con sus primos. De repente, en su visión periférica, ve que alguien le mira. Mira hacia su izquierda, donde está la puerta principal. La puerta de entrada está hecha en su mayor parte de cristal, con un delgado ribete de madera en los bordes. Permite ver todo el cuerpo de una persona de pie frente a la puerta principal. Bao ve una gran criatura escamosa con cuernos y ojos rojos que le mira directamente, como si mirara dentro de él. Bao, muy asustado, siente que su corazón late con fuerza. La criatura de aspecto maligno sigue mirándole, enviando mensajes telepáticos a la mente de Bao—: ¡Me llamo Molech! Es Halloween. Ven fuera conmigo.

Las sagradas escrituras mencionan a Molech en Jeremías 32:35.

Bao, sin aliento, no se atreve a contar a sus primos lo que está ocurriendo. Sus primos se ríen de la comedia. Bao cierra los ojos y los vuelve a abrir lentamente, asustado. Mira hacia la puerta principal y no ve nada. Empieza a entrar en pánico y se lo cuenta a uno de sus primos mayores, que lo lleva a la cocina con la otra prima mayor, llamada Cha, que le dice:

—Cálmate, Bao. No te preocupes.

Intentan calmar a Bao, pero al verse incapaces de hacerlo, lo sacan al exterior, donde observan con espanto la imagen tenebrosa de un enorme hombre con aspecto de serpiente escamosa corriendo por la calle y gritando "¡Sacrilegio!" Le persigue un joven atlético, que empuña una hermosa espada, con un loro en el hombro izquierdo.

Bao dice:

—Joe. ¡Ese es Joe! —todo el mundo conoce al campeón olímpico de esgrima que también es un pilar de la comunidad.

Bao oye al loro gritar:

—¡Asusta a los niños! ¡Cobarde! ¡Cobarde! ¡Tonto, detente! ¡Enfréntate a Joe!

Herbie y Joe persiguen al demonio Molech en la noche de Halloween. Molech salta a un profundo agujero en el suelo que va al abismo. Joe dice:

—Ha desaparecido, Herbie. Tengo ganas de bajar a por él. Pero es peligroso.

—Ahora no, Joe. Un día... ¡con tu Padre! ¡Awk! —Joe está agradecido por Herbie, que misteriosamente, a veces, tiene consejos celestiales. Joe vuelve con los niños y las niñas para consolarlos. Los primos mayores recogen a Bao y se sientan con el pequeño en un poste de la valla del patio delantero mientras Joe llega.

Joe dice:

—No tengas miedo de nada. El miedo te impide pensar con claridad y te impide reaccionar con nor malidad —Joe señala las estrellas y calma a Bao contándole una historia sobre el firmamento.

Uno de los primos mayores de Bao dice:

—Shh, escucha a Joe —todos se quedan asombrados con la narración de Joe. La historia proviene del abuelo de Joe, el general Benson —Les contaré una historia, tal como me la contó mi abuelo cuando era un niño como tú, Bao. Estaba acampando en las montañas con mi abuelo, que era un gran líder y soldado.

Herbie, lleno de ansiedad, dice:

—Date prisa, Joe. ¡Irk! —todos se ríen de Herbie.

Joe dice:

—Bao, mira las estrellas y la luna. El Gran Divino las hizo. El Gran Divino Creador es la luz, la buena energía brillante viene de Dios. Y la oscuridad no tiene luz. La fuerza oscura de la energía es el mal, que siempre está al acecho —Justo en ese momento, un enorme y feo albatros se posa en la valla de un vecino cercano, mirando lascivamente a Bao. Bao lo ve. Empieza a hiperventilar. Joe, el guerrero, y el ángel dice—Pero por la noche, Bao, cuando miras las estrellas o la luna, la buena divinidad está contigo, hermanito. Así que cálmate; está bien.

Herbie le dice al albatros:

—¿Quieres un trozo de mí? *¡Awk!* —los ojos del albatros se vuelven enormes mientras echa espuma por la boca. Luego sale volando. Bao deja de hiperventilar y con el tiempo se calma.

Al poco tiempo, los padres de todos los niños llegan a casa de su fiesta de Halloween en el Club Saman. Todos se despiden de Joe con la mano.

—¡Gracias, Joe!

—De nada —dice Joe. Camina elegantemente por la cuadra, dirigiéndose a la Mansión Benson para comer algo rápido.

Herbie dice:

—Comida, Joe... *¡Ark!* —Herbie se alegra y comienza a silbar una melodía de loro.

Después de que Joe se pierde de vista, Bao comienza a sentirse inquieto de nuevo. De alguna manera, los padres de Bao parecen diferentes. Bao dice:

—¿Qué es esa cosita que brilla en vuestra mano derecha, papá, mamá?

El padre y la madre de Bao, con lágrimas en los ojos, miran sus manos derechas, que están marcadas y tienen un nuevo implante de chip humano rojo brillante. Luego, cada uno con una sonrisa tortuosa, dicen:

—¡Es la noche de Halloween!

***

Un poco más tarde, esa noche de Halloween, en Beverly Hills, en la mansión Benson, Joe está tumbado en su cama, recuperándose antes de salir a hacer su última ronda de seguridad en esta larga noche de Halloween. Decide levantarse y empezar a hacer abdominales. Joe no tiene puesta la camiseta, por lo que puede ver los músculos de su estómago flexionándose mientras hace los abdominales. Sintiendo que ha hecho suficientes abdominales, Joe dice:

—Se siente bien. Y ahora a darle más salud a mi cerebro —Joe ahora mueve su frente del borde de la cama, manteniendo su cara inclinada hacia el suelo, lejos de la cama. Cierra los ojos y respira aire profundamente en sus pulmones, permitiendo que la mayor parte de la sangre circule por su cerebro, limpiándolo y nutriéndolo. Joe recuerda haber visto a su difunto padre, el Dr. Roberto Benson, hacer esto. Incorporó la técnica a su arsenal de ejercicios para mejorar su salud cerebral.

Herbie imita a Joe y se pone al lado de su maestro. Coloca su cabeza de pájaro de forma que se inclina hacia abajo, mirando al suelo, para emular a Joe. Herbie cierra los ojos.

—¡Esto es vida! —grazna. Joe ve lo que parece un paquete de seis abdominales en el estómago de Herbie. Herbie lo ve—Abdominales, Joe. *¡Awk!*

—¿Qué? Parecen más bien protuberancias de alpiste —dice Joe, riéndose mientras mira de cerca el pequeño abdomen de Herbie.

A lo lejos, Rose toca una hermosa música en el piano de cola. Joe escucha, disfrutando del momento. Su habitación tiene este aspecto: En un alto estante de madera roja en la pared está la espada sagrada de Joe, desenvainada, con la inscripción: Joe, Ángel del Honor.

Debajo de la espada hay un sólido bloque rectangular de rubí puro, que tiene la longitud de la espada y que descansa en el suelo. En el centro de esta piedra de rubí se encuentra una grande Santa Biblia. A la izquierda de la Santa Biblia hay una foto de Joe y su maestro de esgrima, Napoleón. A la derecha de la Biblia hay una foto de Joe y el difunto Sensei Musashi. A unos metros delante de la Biblia hay una pequeña mesa de mármol puro, con un valioso cuenco de porcelana encima, regalado a Joe por el Sensei Musashi. En el cuenco hay una variedad de frutos secos y semillas: semillas de calabaza, almendras, semillas de girasol, anacardos, cacahuetes y nueces. Por supuesto, junto a la cama de Joe hay fotos de su padre y su madre, junto con una foto de Joe pescando con su abuelo. Joe sabe que su vida en la tierra tiene un propósito. Como hombre, puede integrarse en la sociedad para ayudar a la gente a descubrir sus desconcertantes necesidades. Joe tiene dos papeles en la tierra: primero, como caballero real para el rey de Inglaterra, y segundo, como ángel de honor humano de Dios para ayudar a suprimir el mal.

Transcurre aproximadamente media hora mientras Joe deja fluir relajadamente la sangre a su cabeza. Se levanta y dice:

—¡Mi mente se siente muy bien!

Herbie, también levantándose, dice:

—¡La mente de Herbie es genial, *ark!* —Herbie salta sobre el hombro de Joe para dar un paseo mientras Joe camina hacia la Santa Biblia. Joe coge la Santa Biblia y lee Deuteronomio 18:10-11:

—¡No sea hallado en ti quien haga pasar a su hijo o a su hija por el fuego, ni quien practique adivinación, ni agorero, ni sortílego, ni hechicero, ni encantador, ni adivino, ni mago, ni quien consulte a los muertos!— Joe toma aire y continúa leyendo Deuteronomio 18:12 —¡Porque es abominable para Jehová cualquiera que hace estas cosas, y por estas cosas abominables Jehová, tu Dios, expulsa a estas naciones de tu presencia!— deja la Santa Biblia en su estante y luego toma un puñado de nueces y semillas mixtas para comer. También le da un poco a Herbie. Justo en ese momento, Rose entra en la habitación y dice:

—¡Joe! ¿Por qué no has contestado a tu teléfono móvil? ¿Está apagado?

Joe, asombrado, mira su móvil y dice:

—Sí, está apagado. ¿Pero cómo?

Herbie, sacudiendo su cabeza de loro, dice:

—¿Cómo? *¡Awk!*

Rose reflexiona un poco y luego dice:

—Bueno, Joe, Charlotte ha estado intentando ponerse en contacto contigo toda la noche.

Joe mira al inocente Herbie y dice:

—¡Voy a prender el celular! —Joe enciende su móvil y ve un mensaje de su antiguo maestro de esgrima y amigo Napoleón. Dice:

—Joe, ¿podemos vernos esta semana de Halloween en México? —Joe se pregunta qué querrá Napoleón, pero opta por llamar inmediatamente a su prometida, Charlotte, en su lugar. Joe pulsa un botón para conectar automáticamente con su prometida—. Charlotte, ¿cómo estás? Te echo de menos.

Charlotte dice:

—No me gusta Halloween. Da miedo, ¿verdad, Joe? Me gustaría estar contigo, Joe. ¿En qué estás pensando en este momento? Y Joe, por favor, sé sincero y dime qué sientes en este momento.

Joe sigue hablando con Charlotte, preguntándose por qué Charlotte está detectando en su mente sus pensamientos y sentimientos sobre la noche de Halloween.

Herbie, pensando también, ladea su cabeza de loro y luego chirría:

—*¡Awk!* Ten cuidado, Joe. Recuerda a Sansón y Dalila —Herbie entonces sale volando con Rose hacia otra parte de la casa.

Joe se ríe. Luego dice:

—Bueno, ¡estoy pensando que te extraño mucho Charlotte! No te preocupes, no me asusta la noche de Halloween.

—Hmm —dice ella. Luego pone a Joe en espera durante unos quince segundos sin avisarle de an temano. Joe empieza a preguntarse si Charlotte está consolando a alguien.

—He vuelto, Joe. ¡Lo siento, cariño! Vas a dejar tu hogar seguro y ir a algún lugar en esta aterradorda y peligrosa noche de Halloween, Joe?—

—¿Irme? Bueno, no lo sé, Charlotte. Todo es posible. Nos separan muchos kilómetros de tierra y un océano, lo que hace imposible que nos abracemos, mi dulce Charlotte. ¿Puedo leerte una oración? —dice Joe.

Charlotte se ríe calurosamente con una pizca de misterio. Dice:

—¡Sí, Joe! Haz tus oraciones.

Joe se queda en casa durante las últimas horas de la noche de Halloween, leyendo las Escrituras a su querida prometida, Charlotte. En un castillo lejano. La bruja Samara mira en su bola de cristal en busca del Libro del Conocimiento. Al siguiente día muy temprano en Sonora Mexico, en un lugar llamado Pueblo de Iglesia, donde muchos lugareños construyen santuarios con calaveras para honrar a sus familiares muertos. Esto es en preparación para celebrar el Día de Muertos. Cuando acaba Halloween, empieza el Día de Muertos, y de alguna manera ambos están conectados. En Pueblo de Iglesia, Lumbra conduce con fuerza su vehículo deportivo utilitario Mercedes, chapoteando en los agujeros de barro, atravesando senderos estrechos y zumbando por las cuestas abajo en ángulo, mientras las manos de Napoleón se ponen blancas, agarrándose al interior del coche para salvar la vida. El todoterreno Mercedes de Lumbra sale volando tras pasar por enormes desniveles en la carretera. Rápidamente, llegan a la ciudad, con el polvo de arcilla en el aire detrás de ellos. El primer deseo de Lumbra mientras están allí es construir un santuario en la tumba de sus abuelos. Lumbra dice: —Yo tengo recuerdos aquí, Napoleón. Tengo recuerdos, mi amor.

Napoleón dice:

—Los recuerdos son buenos, mi amor.

—Sí, pero a mi padre nunca le gustó este lugar. No sé por qué.

Napoleón se ríe y dice:

—¡Así es la vida!

—Por fin hemos llegado, mi amor.

Lumbra aparca su todoterreno junto al cementerio. Muchos ciudadanos mexicanos están construyendo santuarios, con cráneos que parecen humanos.

Napoleón tiene una sensación inquietante. Se preocupa por Joe, esperando que esté bien. Napoleón dice:

—Lumbra, llevo días enviando mensajes a Joe, pero no he obtenido respuesta —Napoleón y Lumbra se encogen de hombros, esperando que Joe esté bien. A continuación, Napoleón ayuda a su mujer, Lumbra, a sacar las cosas del todoterreno y a colocarlas cerca de la tumba de sus abuelos. —Creo que sé por qué tu padre se sentía incómodo en este sitio. Vamos a apurarnos, ¿sí?

Lumbra mira a Napoleón y se ríe.

—¿Tienes miedo, mi amor?

Napoleón responde:

—¿Yo? ¡De ninguna manera!

En la tumba, Lumbra coloca fotos de sus abuelos fallecidos, velas encendidas con incienso y comida, entre otras cosas. Luego comienza a construir un santuario para honrar el tiempo que sus abuelos pasaron en la tierra, en honor al Día de los Muertos.

Napoleón también participa. Sacando un cráneo humano de la caja con las pertenencias de los abuelos muertos, mira nervioso a Lumbra.

—No, tonto, eso es de madera —Lumbra se ríe.

—Sí, lo sabía. Soy francés, ¿no? Llamemos a Joe y pidámosle que nos visite, ¿sí?

—Sí, mi amor —Lumbra aprueba la invitación a Joe.

Napoleón dice:

—¿Dónde dormiremos esta noche?

Lumbra dice:

—¿Dormir? No vamos a dormir. Vamos a escuchar historias, comer, beber y oír música de guitarra toda la noche, mi amor.

Napoleón responde:

—Está bien, mi amor.

En otra tumba, a pocas lápidas de distancia, un enorme y alegre hispano comienza a tocar su guitarra mientras canta "La Vida y La Muerte." Napoleón, inquieto, abre su teléfono y marca el número de móvil de Joe. Napoleón dice:

—Hola, Joe. Ven aquí a México, amigo, ¡sí!

—¿México? Hmm... ¡claro, Napoleón! —dice Joe. Todavía es temprano en la mañana. Napoleón y Joe arreglan los detalles del vuelo, y Joe comenta que llegará por la noche. Napoleón

dice: —¡Si! ¡Si!— Luego pronto se lleva la mano a su boca fruncida haciendo el sonido de estallido. *¡pop!*

Finalmente, con esfuerzo, Lumbra y Napoleón terminan de construir el santuario para honrar a los abuelos muertos de Lumbra. Luego comienzan a comer tamales, pozole, frijoles y pan de muerto, este último es un pan con azúcar que tiene forma de cráneos humanos. Ellos y la gente con la que están comiendo disfrutan de la buena comida y de la buena música que se toca. Dos señoras comienzan a repartir tazas de barro hechas a mano a todos. A continuación, las dos señoras, que son muy guapas, colocan cuatro jarras de un galón, cada una de las cuales contiene pulque (licor a base de agave), en el centro del suelo, encima de una manta de lana. Un misterioso y repentino viento frío sopla mientras un hombre de aproximadamente noventa y nueve años entra en la zona. Dice:

—¡Por favor tome, porque lo va a necesitar!

Lumbra sirve pulque en dos tazas, una para Napoleón y otra para ella.

—Napoleón, mi amor, escucha al Viejo —dice ella, aconsejando a su amor de su vida y esposo verdadero.

El viejo dice:

—¡Salud! Prepárense, y escuchen un sincero y antiguo cuento.

El sol se pone; solo queda la oscuridad y un viento fresco que silba. Todos, incluidos Lumbra y Napoleón, beben una pequeña taza de pulque, pero los dos se preguntan dónde está Joe.

—¡Aquí estoy! —dice Joe. Lumbra y Napoleón abrazan a su amigo Joe, mientras Herbie salta de hombro en hombro, saludando a todos los que se encuentran en su camino. Joe y Herbie rechazan la taza de pulque, pero comen tamales con frijoles mientras se preparan para la historia del viejo. El viejo mira a la izquierda y luego a la derecha, y comienza a contar la historia de la mujer que se lamenta en esta noche tan oscura.

—Érase una vez un soldado español que salió de España en misión a México. Una vez que llegó a México, se enamoró de una hermosa nativa de piel oscura. Tuvieron dos hijos, a los que el soldado quería mucho. El soldado procedía de una familia rica de España. Sus padres y amigos desaprobaron a su amante, amenazando con repudiarle o matar a sus hijos si se negaba a casarse con una mujer española de otra familia rica con la que habían concertado el matrimonio. Como no quería perder su herencia, y con la esperanza de salvar a sus hijos, el soldado escondió a su amante nativa, que se convirtió en su mujer cautiva, y envió a buscar a la mujer de España, a la que no conocía ni amaba, para casarse con ella. La mujer de España llegó unos días antes de Halloween. El matrimonio se fijó para la noche de Halloween. Al acercarse Halloween, la amante del soldado se llenó de una terrible rabia de celos. Caminó con sus dos hijos por la costa hasta la iglesia para presenciar el matrimonio de su hombre, un apuesto conquistador, con la mujer de España. Se quedó fuera de la iglesia cogiendo las manos de sus hijos mientras lloraba, porque no se le permitía entrar, e intentó desesperadamente detener el matrimonio. Los niños vieron a su padre y gritaron:

—¡Papá! —Él miró a sus dos hijos, pero luego se apartó, continuando con la ceremonia hasta que esta terminó y se casó con la mujer de España. Para vengarse de haber sido traicionada por su amante infiel, la mujer ahogó a sus dos hijos en el océano. Los niños suplicaron—: ¿Por qué, mamá? ¡No, mamá! Papá... ¡Papá! —el soldado se horrorizó y rompió en llanto cuando se enteró de lo que había hecho con sus adorados hijos. Inmediatamente pensó en matarla, pero en lugar de eso, intentó que la arrestaran. Las autoridades locales no tenían testigos del crimen y, de todos modos, no les gustaba el hombre de España, porque creían que había abandonado a su familia, provocando el horrible desenlace. El soldado de España tenía todo el dinero que necesitaría gracias a haber seguido adelante con el matrimonio concertado. Pero el dinero ya no le importaba. Cogió una gran suma de su dinero mal ganado y se fue a la cantina local que daba al océano en el que se habían ahogado sus hijos. Allí bebió enormes cantidades de licor, pensando en sus hijos. Pasaron unos días. Murió de intoxicación etílica. El aire del océano sopló sobre su asqueroso y fermentado cadáver. La mujer nativa, madre de los dos niños que ahogó, enloquecida por la rabia, los celos y la culpa, se adentró en la naturaleza. Deambuló por la tierra, buscando a sus hijos en los torrentes de agua. Pero ella no pudo encontrar sus cadáveres. Viajó a varios pueblos e intentó arrebatar a otros niños a sus padres. Fue expulsada de cada pueblo con una feroz paliza de las madres. Finalmente, agonizando en cuerpo y mente, se ahogó en el océano. Pero el espíritu de la mujer no pudo escapar al cielo debido al peso de sus terribles crímenes, entre los que se encontraba el suicidio, que va en contra de las leyes de Dios. El espíritu de la Llorona, la mujer que se lamenta todavía está deambulando por la tierra. Especialmente en la noche de Halloween, camina en busca de los niños por los cementerios, las costas, los cauces de los ríos, los lagos y el desierto, lamentándose con culpa y dolor. Está condenada a buscar en vano a sus hijos para siempre. Pero nunca los encontrará porque ya no están. Puede que intente buscar a sus hijos ahogados en la noche de Halloween en su esfuerzo por engañar a Dios, haciéndole creer que los ha recuperado, algo que Satanás le recomendó hacer.

Una vez concluida la historia de la mujer que se lamenta, el anciano dice una última cosa:

—Esta noche ha despertado a los que dormían.

Estar atentos. Y vuelvan el año que viene. Tengo un secreto sobre mí que debo desvelar.

Mientras el viento silba entre los árboles, Lumbra dice:

—¿Tienes sueño, mi amor? ¿Quieres dormir?

Ella le muestra a Napoleón unas mantas de lana.

—¡Sí! Pero soy francés, ¡así que esperaré a que salga el sol! —dice Napoleón. Entonces, se lleva la mano a su boca fruncida haciendo el sonido de estallido: *¡pop!* De repente, Napoleón ve una figura sombría que se acerca a él. Bebe dos grandes tragos de pulque y se lleva la jarra de un galón a los labios.

La figura sombría resulta ser el anciano, que se agacha, sonríe con dientes de oro y dice:

—Sírveme una taza, joven —Joe, Lumbra y Herbie se ríen.

Capítulo 6

Al día siguiente, todos están muy cansados: Lumbra, Napoleón, Joe y también Herbie. Napoleón prepara un desayuno de calidad a base de huevos de avestruz mezclados con grandes hojas verdes de cactus, preparando también zumo de tunas rojas recién exprimido para beber, con una cucharada de néctar de agave para endulzarlo. Napoleón dice:

—¡Buen provecho! —luego se lleva la mano a su boca fruncida haciendo el sonido de estallido. *¡Pop!*

Lumbra dice:

—Gracias, mi amor. ¿Qué te parece, Joe?

Joe, agradecido, dice:

—Gracias por el desayuno, Napoleón y Lumbra.

Herbie se limita a asentir con la cabeza en señal de aprobación mientras mastica con su pico de loro. Después del desayuno, Lumbra le enseña a Joe más sobre cómo descifrar códigos antiguos utilizando un libro que una vez perteneció a su difunto padre. En el pasado, Lumbra solía enseñar al curioso Joe a leer lenguas antiguas y jeroglíficos.

Después de la lección, todos se dirigen a la antigua plaza de toros para ver una corrida. Napoleón dice:

—Debo enseñarte una lección, Joe: ¡debes aprender a cómo usar tu espada y matar a una poderosa bestia de una sola estocada! Sí —Napoleón se lleva la mano a la boca.

—Gracias, Napoleón. Siempre serás mi gran maestro de esgrima, y como un padre para mí —dice Joe. En ese momento recordó a su otro maestro de espada, Sensei Musashi, diciendole: Ten sed, Joe. Un samurái siempre debe tener sed de conocimiento, por muy brutal que sea.

Mientras Joe, Lumbra y Napoleón toman asiento, suena música española con trompetas y los toreros entran en la plaza de toros.

Lumbra dice:

—Nada más tenemos tiempo para ver una corrida —La primera corrida de toros comienza después de que un torero entra en la plaza y se levanta su elegante sombrero negro para saludar al público. A continuación, el enorme toro entra en el ruedo, embistiendo al torero. Cuando el toro pasa por delante de él, el torero clava su espada entre los omóplatos del toro, lo que hace que este sangre.

El toro se espabila y centra sus cuernos en la espada. ¡Pum! El toro le quita la espada al torero de las manos. Cae al suelo. Cuando el torero se lanza a por su espada, el toro le pincha en las costillas.

El torero grita. El toro persigue al torero, corriendo alrededor de la plaza. El torero rechaza la ayuda de otros toreros y de la ambulancia que quiere llevarle al hospital. El torero, con valor, mientras sangra profusamente por las costillas, recupera finalmente su espada. Entonces esconde su espada en su capote rojo, sosteniéndolo horizontalmente. El toro embiste el capote rojo y no ve la espada. Con paciencia, el torero, tras mantener su espada oculta tras el capote rojo, la levanta por encima del toro que embiste. El público grita: *¡Olé! ¡Olé! ¡Olé!* El torero y el toro repiten la misma rutina varias veces.

Herbie grita:

—¡Oh no! ¡Oh no! ¡Oh no! —se sumerge bajo la camisa de Joe para esconderse.

El torero se concentra en la última embestida del toro. Las fosas nasales del toro escupen moco y vapor. El toro cierra la brecha entre él y el torero, lo suficiente para que el torero huela el aliento a hierba del toro. El torero saca rápidamente su espada de su escondite y la levanta, con la punta de la espada en un ángulo especial hacia el corazón del toro, para dar una sola estocada. Clava la espada profundamente en el lomo del toro, deteniéndolo en su trayectoria. El toro cae al suelo, muerto.

Napoleón, masticando chicharrones con salsa y jugo de limón, dice:

—¿Ves, Joe? ¿Has visto esa técnica? Así es como se mata a una bestia.

Joe asiente.

—Sí. Lo he visto. Fue el ángulo de la espada y la suave entrega del torero —Hablan de cómo el torero clavó su espada en un ángulo especial para matar a la enorme criatura. Joe acaba de recibir otra lección de esgrima de su gran maestro Napoleón.

Lumbra dice:

—Ahí está Chico, mi primo. Está cerca del ruedo donde el torero dejó caer su capa roja —observa cómo Chico mete la mano en el ruedo y coge el capote rojo del torero para llevárselo de recuerdo. Lumbra interrumpe la conversación de Joe y Napoleón sobre la espada—¡Vamos!

Napoleón dice:

—Sí, sí, cariño mío —emocionados, todos salen de la plaza, aunque todavía quedan corridas por delante. Se encuentran con su guía turístico y con Chico, el primo de Lumbra. Lumbra dice:

—¡Hola Chico, mi primo favorito!

El hombre de mediana edad dice:

—¡Hola, mi prima!

Chico estrecha las manos de Joe y Napoleón y le da una ligera palmada en el pico a Herbie. Chico dice:

—Mi verdadero nombre es Cherio, pero desde que era pequeño todo el mundo me llamaba Chico. Se me quedó ese nombre —se ríe.

Herbie grita:

—*¡Cheerios! ¡Cheerios! Awk.*

Entonces Lumbra les echa el ojo a todos. Todos saben que hay trabajo que hacer. Todos se suben al todoterreno Mercedes de Lumbra. Como Lumbra tiene un objetivo en la vida que persigue con determinación y entusiasmo, dice:

—¡Vamos, Chico! Conduce.

—Sí, prima —Chico los conduce vigorosamente por varios caminos durante kilómetros, siguiendo el mapa de carreteras que Lumbra le había subrayado. Finalmente, llegan al lugar de su expedición arqueológica: una pirámide azteca en las selvas inexploradas cerca de Ciudad de México —Hemos llegado, amigos —todos salen del vehículo.

Lumbra, después de revisar el viejo mapa de su padre, dice:

—Debe haber una abertura alrededor del símbolo del ojo.

Eso es lo que dice el jeroglífico. Entonces, mientras Lumbra palpa con sus manos, ¡bum! Se abre una trampilla que conduce a un estrecho pasaje.

Chico se envuelve el cuerpo con su capa roja:

—Para la buena suerte —menciona. Entonces todos bajan por el estrecho pasillo, siguiendo a Lumbra, con Napoleón cerca de ella. Lumbra hace brillar su foco de mano de alta potencia para ver mientras caminan hacia abajo. El aire comienza a volverse mohoso a medida que se adentran más y más. Después de caminar 6 metros, finalmente llegan a una abertura. Oyen el agua y ven un cenote, que es una piscina de agua dulce que ha sido meticulosamente filtrada por la tierra. El agua es tan clara que pueden ver pequeños peces retozando entre la vida vegetal. Lumbra dice:

—Esta agua tiene algas ricas en vitaminas y minerales que nutren y protegen la piel. Posiblemente sea la Fuente de la Juventud —Chico se da un rápido baño mientras Napoleón bebe tragos de agua.

Lumbra y Joe estudian los jeroglíficos de la enorme pared de la cueva subterránea bajo la pirámide. Joe dice:

—*Hmm* —con Herbie posado en su hombro izquierdo. Entonces Joe coloca su fuerte mano derecha en el mango de su espada, listo para sacarla. El sexto sentido de Joe siente el peligro. Con su buena vista, explora la zona. Dice:

—Vuela hacia arriba y alrededor, Herbie, por favor —Herbie se eleva en el aire.

Después de beber mucha agua, Napoleón ayuda a su esposa, Lumbra, con su equipo arqueológico. Lumbra utiliza su cincel de acero para cavar cerca de un símbolo, lo que parece una talla de una enorme bestia. Las curvas del cuerpo de Lumbra se amplían con el pequeño y sexy traje que lleva. Tanto ella como Napoleón, que disfruta de un cuerpo rejuvenecido por los minerales, descubren una caja de madera petrificada. Napoleón, Chico y Joe no entienden la escritura de la caja, pero Lumbra sí. Ella dice:

—Es la antigua lengua náhuatl de los pueblos mesoamericanos. Dice: 'Libro del conocimiento' —Joe abre la caja sellada con su espada. Lumbra saca el Libro del Conocimiento, el Libro perdido de Itzamná, un dios maya que crea y manipula las energías místicas y cósmicas.

¡Pop! Napoleón golpea su boca fruncida y continúa diciendo: —¡Besos! ¡Besos! Tú, mi esposa, ahora eres una profesional con la espada, ¿si?—

Lumbra dice: —¡Si, mi amor!— Durante un breve momento se abrazan y se besan profundamente hasta satisfacer sus corazones para celebrar el momento. Lumbra ve como una victoria el haber conseguido por fin el Libro del Conocimiento, algo que su padre había buscado durante años.

Lumbra es una arqueóloga dedicada y una enfermera que se ha convertido en una atleta gracias a la escalada, la excavación y por hacer el amor con su marido francés, Napoleón. Napoleón siempre ha sido un atleta. Ganó una medalla de plata en los Juegos Olímpicos celebrados en Francia hace años.

Joe, con Herbie en el hombro, le dice:

—¡Así se hace! —sonríe y hace la señal de los dos pulgares hacia arriba.

A medida que comienzan a caminar hacia el lugar por donde entraron, este se desmorona, y las rocas lo sellan.

—¡Oh, no! —grita Lumbra. Napoleón, Chico y Joe sacuden la cabeza.

Herbie dice:

—Por allí, Joe. *Awk.*

—Sigamos a Herbie —dice Joe. Mientras Herbie vuela hacia adelante, ellos caminan detrás de él. Entran en otra abertura, que parece una plaza de toros subterránea.

Chico dice:

—Lo más posible es que hubiera estado un torero aquí en el pasado —mirando alrededor, ven restos de huesos, personas y bestias. ¡Rrrr! Los gritos provienen de los alrededores.

Entonces todos ven un enorme Tiranosaurio Rex que se acerca a ellos.

—¡*Augh!* —gritan todos, excepto Joe, cuya adrenalina, liberada porque la muerte está en el aire, hace que su corazón lata con fuerza.

Joe en su interior dice:

—Cálmate —clava su espada en el hombro del Tiranosaurio

Rex. ¡Stab! El dinosaurio gime. Casi agarra la espada de Joe con su enorme boca de dinosaurio. El dinosaurio comienza a enfocar su capacidad de caza asesina en Joe, pero Herbie, sintiendo esto, se abalanza sobre el ojo del gran reptil, arañando y picoteando. La gran bestia gira su cabeza en un movimiento circular repetido y utiliza su mandíbula inferior para tirar a Herbie al suelo. Herbie cae al suelo, indefenso, mientras la boca del dinosaurio se abre, la saliva gotea de sus dientes y cae sobre Herbie.

—¡No! Te perdí una vez, Herbie. Eso no volverá a ocurrir —dice Joe. Comienza a cortar el costado del dinosaurio. *¡Slash! ¡Slash!* El Tiranosaurio Rex mueve instintivamente su enorme cola, azotando a Joe en su vientre. —*¡Augh!*— Joe grita, soltando su espada y cayendo hacia atrás. Joe, en el suelo, con sangre saliendo de su boca, tiene daños internos. Sin embargo, como un guerrero, Joe respira bocanadas de aire, una técnica que le enseñó su Sensei Musashi. Recupera la compostura mientras el dinosaurio se lanza a por él. Una vez que el Tiranosaurio Rex está lo suficientemente cerca, Joe hace una voltereta de artes marciales hacia adelante, girando como un neumático, y rueda por debajo del dinosaurio, entre sus patas. Ahora que Joe está detrás del dinosaurio, corre y agarra su espada con una mano y recoge a Herbie con la otra. Joe rápidamente le entrega a Chico Herbie.

Herbie dice:

—Esconde la espada, Joe. *Awk.*

Chico lanza su capa roja de torero a Joe y dice:

—Torero Joe. Tú eres el torero.

Napoleón grita:

—¡Sí, Joe! Recuerda la corrida. Puedes hacerlo, hijo mío —Napoleón se lleva la mano a su boca fruncida haciendo el sonido de estallido. *¡Pop!* Joe se coloca en posición de esgrima en garde. El enorme Tiranosaurio Rex gruñe. ¡Aar! Entonces ataca contra Joe, que esconde su espada dentro de la capa roja. El dinosaurio tiene dos cuernos en la cabeza. Pasa varias veces por delante, casi atravesando a Joe con sus lanzas, intentando matarlo.

—*¡Olé! ¡Olé! ¡Olé!* —Chico, Napoleón y Herbie gritan.

Lumbra solo abraza a Napoleón. Dice una oración:

—¡Señor, por favor, ayúdanos!

Joe concentra ahora su energía interna, diciendo:

—Dios, ayúdame a matar a esta bestia —el Tiranosaurio Rex ataca a Joe, con la boca abierta, mostrando sus poderosos dientes. Joe muestra la capa roja, atrayendo a la bestia. Cuando el dinosaurio está cerca, Joe saca su espada y la mantiene en ángulo horizontal, con la punta ligeramente hacia abajo, mirando al corazón de la bestia. Joe hunde su espada celestial profundamente en el pecho del Tiranosaurio Rex, matando a la bestia al instante. ¡Kaboom! El dinosaurio cae con fuerza al suelo.

Napoleón grita con orgullo:

—¡Mi Joe! Eres mi mejor alumno. Mi hijo Joe —Napoleón se acerca y abraza a Joe, al igual que Herbie y Lumbra.

Chico dice nerviosamente:

—¡Necesito una cerveza!

Napoleón dice:

—Salgamos de aquí. Tengo que volver a Francia.

Joe está herido, pero oculta su lesión a sus amigos, que continúan siguiendo a Herbie. Subiendo por un camino hacia la cima, ven la luz del sol.

—*¡Aquí! Awk* —dice Herbie.

Lumbra coge su pala y su barra de acero para cavar. Chico y Napoleón utilizan las herramientas para cavar una abertura, mientras Joe se mantiene en guardia por si hay algún problema. Herbie, sabiendo que Joe está herido, dice:

—Cava. ¡Cava más rápido! *Awk.*

Chico dice:

—¡Caramba, qué pájaro!

Mientras cavan para salir del túnel, alguien les observa desde muy lejos en un castillo. Es Samara mirando a través de su bola de cristal, observando a Lumbra, Napoleón, Chico, Joe y Herbie. Acaricia a su gato negro espiritu familiar, diciendo:

—Jezabel, mi bonita. ¿Qué tenemos aquí? —Samara, endiabladamente excitada, descubre que Lumbra ha encontrado el perdido Libro de Itzamná, el Libro del Conocimiento. Samara se pone de pie y entra en trance, sus ojos se salen de sus órbitas y su cuerpo da vueltas. Cierra lentamente los ojos y los vuelve a abrir. La sangre brota de sus ojos mientras canta en latín —¡Dame el libro de

Itzamná! —el suelo del castillo bajo los pies de Samara *¡tiembla!*

Finalmente, en equipo, los expedicionarios hacen una apertura lo suficientemente grande. Lumbra dice:

—¡Vamos! —ella y los demás salen de la pirámide azteca. Curiosos, miran dentro del Libro de Itzamná, y descubren que tiene arquitectura y fórmulas matemáticas con principios científicos que implican la generación natural de electricidad. —¿Cómo existe este conocimiento? —Lumbra sacude la cabeza—¡Nadie tiene hoy en día este tipo de conocimientos!

Napoleón dice:

—¿Por qué no llevamos este libro a Francia, para que un científico francés pueda descifrar estas fórmulas, mi amor?

Lumbra, inicialmente callada, no tarda en decir:

—Tal vez debería llevar esto al presidente mexicano y que un científico mexicano lo descifre.

—No, prima. Véndelo —dice Chico.

Lumbra y Napoleón se miran y dicen:

—Joe, ¿qué hacemos?

De repente, una tormenta de arena golpea la zona. Todos comienzan a caminar hacia el vehículo de Lumbra, tambaleándose contra el fuerte viento para llegar allí. Entonces, una vez en el vehículo, descubren a diez bandidos mexicanos blandiendo enormes machetes de acero. Joe grita:

—¡Rápido, vuelvan a la pirámide! —Joe desenvaina su espada y la sostiene con ambas manos frente a él para proteger el centro de su cuerpo.

Joe abre los ojos de par en par, dándole un mayor alcance de visión periférica con el que ob servar a sus oponentes, mientras Herbie vuela en el cielo y dice:

—¡A por ellos, Joe! —cuando los bandidos se abalanzan sobre Joe, este se desplaza hacia su izquierda, manteniendo el gran bandido fornido frente a él, que bloquea a los otros asaltantes. Joe blande su espada hacia abajo en diagonal, cortando la cabeza del bandido grande y un trozo de su hombro, y luego blande suavemente su espada hacia arriba en ángulo, cortando el hombro del siguiente asaltante que tiene un machete. Cuando los demás bandidos se abalanzan sobre él, Joe blande rápidamente su espada en horizontal, cortando las cabezas de tres bandidos. A continuación, salta sobre el capó del todoterreno. Uno de los cinco bandidos restantes dice:

—*¡Cabrón!* —justo entonces, Herbie deja caer algunas piedras desde arriba. Golpean a dos de los bandidos.

—*¡Auh!* —dicen. Joe da una patada giratoria con el talón desde el capó del coche. Su patada golpea a los otros tres bandidos en sus mandíbulas. *¡Crack! ¡Crack! ¡Crack!* Caen al suelo con fuerza, sus caras muerden el polvo. *¡Puff!*

Mientras tanto, a varios metros, Chico saca su gran machete. Lumbra y Napoleón intentan desesperadamente entrar en la pirámide y esconderse. Tres grandes y musculosos hombres con cara de cerdo intentan agarrar a Lumbra y quitarle el Libro del Conocimiento, pero Chico golpea a dos de ellos en el cuello. La sangre de color púrpura verdoso sale a borbotones. A continuación, un enano con cara de cerdo que no se había visto antes se acerca sigilosamente a Chico y le clava una daga por detrás en el bazo. Mientras Chico grita de dolor, otros cuatro hombres con cara de cerdo golpean y empujan a Chico y Napoleón. Cuando el enano con cara de cerdo apunta su daga a Lumbra, dos enormes hombres con cara de cerdo la agarran. Lumbra grita:

—¡Mi amor, ayúdame! —Napoleón se suelta y libera temporalmente a Lumbra. Chico, desangrándose, es golpeado y queda inconsciente. Entonces Lumbra, desesperada, coge un machete del suelo y se prepara para luchar.

De repente, una mujer con una capa negra aparece de pie sobre una gran roca. La mujer dice:

—¡Yo soy la Gran Bruja!—

Napoleón grita:

—¡Eres la Gran *Puta!*— Napoleón ataca a la bruja, pero un hombre con cara de cerdo le golpea en la cabeza con un cráneo humano, dejándolo inconsciente. Un hombre con cara de cerdo intenta agarrar a Lumbra. Ella deja caer el Libro del Conocimiento y se apresura a ayudar a Napoleón, utilizando su machete para apuñalar, rebanar y cortar la cabeza del enorme hombre con cara de cerdo. ¡Plop! El gran hombre cerdo cae muerto. Las habilidades de esgrima de Lumbra, que le enseñó su marido, Napoleón, son mortales.

El enano con cara de cerdo recupera rápidamente el libro del suelo y se lo da a la Gran Bruja Samara, que se apresura a subir a un buggy. Su chófer con cara de cerdo conduce el buggy de forma errática. Felizmente, habiendo escapado con el Libro del Conocimiento, ella grita:

—*¡A-ha-ha-ha!*

Los otros bandidos que estaban luchando contra Joe, manteniéndolo ocupado, también se alejan de la zona. Se suben a una furgoneta de pasajeros con tracción en las cuatro ruedas, gritando:

—¡Vamos!

Joe, tambaleándose y escupiendo sangre, ayuda a Lumbra a meter a Napoleón y a Chico en su vehículo. Herbie dice:

—¡Vamos! Doctor. *¡Awk!*

—¡Sí, démonos prisa! Todos necesitamos un médico —dice Joe. Lumbra está de acuerdo. Acelera por la carretera hasta el hospital más cercano, que está en el pueblo. Chico mira por la ventanilla del coche hacia las nubes y dice sus últimas palabras:

—¡Viva Dios! Sí, Gabriel, yo confío en Dios —Joe agradece las últimas palabras de Chico sobre su fe en Dios.

Con las manos ligeramente temblando por la pérdida de sangre, Joe contesta su teléfono celular que está sonando: —Rose, estaré entre tenido en México por un tiempo, ayudando a unos amigos.— Te veré tan pronto como pueda.

—Por supuesto, Joe. Y Joe, tu prometida, Charlotte, me ha llamado. Pronto volaré a Inglaterra para ayudarla con los preparativos de la boda. ¡Te quiero, hermano mío! No te preocupes, Joe... Adiós —dice Rose, sintiéndose un poco melancólica.

Capítulo 7

Rose está pensando en un hombre especial por el que se ha sentido atraída esta última semana de Halloween. Y este hombre está en Bohemian Grove, Monte Río, California, donde se está llevando a cabo un sacrificio humano. Hay una estatua gigante de búho con cuernos que representa a Molech y que tiene enormes manos con las palmas hacia arriba y fuego debajo para quemar a las víctimas. Hay muchos líderes del mundo, todos son hombres, entre los asistentes. Uno de los hombres recibe una llamada telefónica.

—Sí, Rose... Oh, Joe está fuera en este momento. No te preocupes. Si te sientes sola por favor, llámame.— dice el misterioso magnate.

De repente, una voz grita:

—¡Por favor, detente! —un individuo, atado con cuerdas y gritando, es arrojado a las palmas de las manos de la enorme estatua, que se llenan de fuego.

—*¡Aaaah!* —grita la víctima del sacrificio. Todos los líderes de muchos países se ponen de pie, levantan su mano derecha en el aire y presionan sus dos dedos centrales en sus palmas, manteniendo extendidos sus meñiques, dedos índices y pulgares, para mostrar el signo del búho cornudo, es decir, a Molech.

—¡Novus Ordo Seclorum! —aclaman todos los líderes.

Capítulo 8

En la Ciudad del Vaticano, en algún momento de esta impía semana de Halloween, el Papa, jefe de la Iglesia Católica Romana, tiene una visión mientras duerme. La visión es de un ángel que le ordena formar una reunión de líderes religiosos de todo el mundo. Debe hacer que sus dos sirvientes adquieran un misterioso libro que posiblemente pertenezca a los antiguos mayas, o aztecas, y que está oculto en los archivos secretos del Vaticano. Este libro tiene una inscripción del número 0 en él y describe en detalle el misterio de Halloween que involucra a un posible ángel caído. El libro debe ser abierto solo delante de los líderes religiosos, y luego leído para que todos lo escuchen y puedan decidir qué hacer.

A la mañana siguiente de su visión, el Papa entrega a su mensajero especial, un adolescente llamado Wheels, un maletín lleno de invitaciones personales y unas flores malolientes de cempasúchil. Tiene instrucciones de llevar todas las invitaciones y entregarlos en mano a varios líderes religiosos de todo el mundo. Wheels es un huérfano adoptado por la Iglesia Católica con un impedimento en el habla, sin embargo, es muy ágil, ya que es conocido por saltar desde el suelo a los tejados como un mono. Algunos dicen que puede correr con la velocidad de un guepardo. Por eso, es muy posible que Wheels represente al Vaticano en los próximos Juegos Olímpicos.

Antes de dejar el Vaticano, Wheels se detiene para despedirse de su novia, una adolescente llamada Angelina. Wheels entra en la catedral lentamente mientras Angelina toca una música armoniosa en el órgano de tubos, sus largos y elegantes dedos golpean muchas teclas y sus pies bombean los pedales. Wheels saca rosas rojas recién recogidas de su maletín y las deposita sobre el órgano musical de Angelina.

—¡Te amo! —dice Wheels.

Angelina llora y dice:

—¡Bésame! —Wheels besa a Angelina en sus labios grandes, cálidos y dulces, y luego la mira profundamente a los ojos. Es su primer amor, el amor adolescente. Ambos tienen dieciséis años.

Wheels dice con tristeza:

—Debo ayudar en secreto a la iglesia y ayudar al mundo. Te quiero, Angelina. Te veré pronto. Adiós, Angelina.

Angelina llora y sonríe.

—Te quiero en este mundo, pero tú eres del otro mundo, mi amor —Angelina sigue llorando mientras Wheels se aleja. Cierra lentamente las enormes puertas de la catedral tras de sí. *¡Kaboom!*

Wheels suspira mientras se sube a la combinatión tecnológicamente avanzada de helicóptero y avión del Vaticano que se encuentra afuera. El rostro del piloto está cubierto por una máscara real hecha de jade, obsidiana y conchas. Sus aterradores ojos de marciano sobresalen de la máscara. Lleva esta máscara porque tiene la cara deformada, resultado de un accidente con la madre superiora Samara.

—¡Hola, da Vinci! ¡Vamos rápido y con ganas!— dice Wheels. Da Vinci, sin decir nada, levanta inmediatamente las manos y pone los dos pulgares hacia arriba en señal de sí. Wheels desea preguntar a da Vinci de dónde ha sacado esa antigua reliquia de máscara maya hecha de jade, pero los aterradores ojos de marciano de da Vinci le asustan. Da Vinci enciende la radio del helicóptero para que suene un nuevo tipo de música que parece ser una mezcla de rock and roll y música clásica, ni muy clásica ni muy rock and roll, y muy inusual. —¡Así se hace, da Vinci! Oye, ¿de dónde viene tu familia? —pregunta Wheels.

—Los da Vinci nos remontamos en la historia —dice da Vinci, mientras el aerodinámico avión helicóptero se eleva del suelo y luego sale disparado hacia el cielo. La aeronave tiene licencia para aterrizar en cualquier lugar del mundo, ya sea un país democrático, comunista, capitalista, una dictadura o una monarquía, o incluso si allí reina la anarquía.

Angelina, todavía llorando y pensando en Wheels, sigue tocando precariamente el enorme órgano de tubos, mientras los seguidores de lo secuaces con capuchas oscuras sobre sus rostros la rodean. Encima de Angelina, la madre superiora Samara la mira desde el balcón y dice:

—¡A por ella! —entonces los secuaces, gruñendo con sonidos de cerdo -¡Oink! Oink! - someten a Angelina y se la llevan.

El teléfono móvil de Wheels suena y luego se detiene. Era una llamada de su novia, Angelina. Wheels le devuelve la llamada, pero le da señal de ocupado.

—*Hmm* —dice Wheels. Observando lo que ha ocurrido, los ojos de marciano de da Vinci parecen preocupados. Extiende la mano y aprieta suavemente el brazo de Wheels. La voz de da Vinci suena como una grabación de un robot electrónico cuando dice—: Sé lo que ha pasado. Te lo voy a contar —inmediatamente, Wheels rompe en llanto. Da Vinci le informa sobre Samara. Sin embargo, Wheels debe continuar con su misión de ayudar al Papa.

El avión se eleva por el aire a la velocidad del sonido. Todos los países de la tierra autorizan a este avión del Vaticano a aterrizar en cualquier momento del día o del año.

Wheels comienza en Europa entregando personalmente una invitación, acompañada de una flor de cempasúchil, a líderes religiosos como padres, monjes y ministros, solicitando que lleguen a Roma para asistir a una reunión especial organizada por el Papa. Cuando los líderes religiosos reciben las malolientes flores de cempasúchil, sus ojos se abren de par en par con horror. Entonces ven una pequeña invitación adjunta a la flor. Leen esta invitación secreta, que solicita respetuosamente su presencia en una reunión importante. Buscan al mensajero Wheels, pero se ha ido con el viento, ya que puede correr con la velocidad de un guepardo.

Capítulo 9

Han pasado varias semanas desde la semana de Halloween, lo que ha dado tiempo al Papa a asegurar la presencia de varios líderes religiosos mundiales. Deben asistir a una reunión, según las instrucciones de una divinidad que dice ser el ángel llamado Gabriel, que apareció en el sueño del Papa. Joe también fue llamado, por el rey de Inglaterra, para asistir a la reunión secreta en el Vaticano, donde el Papa ha solicitado al mejor caballero del rey: ¡Joe!

Esta va a ser una reunión sobre el misterioso día de Halloween y sobre lo que se puede hacer para inspirar más fe en el mundo. El Papa lee en voz alta un misterioso libro antiguo que da instrucciones celestiales sobre lo que debe ocurrir en Halloween.

Por la noche, el Papa entrega a cada uno de sus dos jóvenes sirvientes, Jerry y Dean, una bolsa de viaje. Cada bolsa está llena de suministros médicos orgánicos de emergencia. Jerry y Dean se inclinan ante el Papa. Cada uno besa su mano, que tiene un notable anillo de masón del agua en el oscurecido dedo anular, posiblemente muerto. Cuando se giran para marcharse, Joe entra en la habitación. El Papa le pide a Joe que se siente para informarle sobre la misión de Halloween. Joe dice a Jerry y a Dean:

—Me reuniré con ustedes más tarde, justo después de reunirme con el Papa.

Herbie, posado en el hombro izquierdo de Joe, dice:

—Joe. ¡Necesitan a Joe!

—¡Está bien, Joe! —dicen los dos jóvenes sirvientes del Papa, riendo. Jerry y Dean parten, caminando por un calabozo y por un pasillo hacia los archivos del Vaticano.

Asustados, Jerry y Dean observan cómo aparece una mujer sombría, aparentemente de la nada. Ella pasea sus cuatro enormes

Rottweilers junto a los dos jóvenes sirvientes. Los perros empiezan a gruñir. Jerry parece un poco asustado, pero Dean no.

—¡Disculpe, señora! No está permitido traer perros a esta zona del Vaticano. ¿Quién demonios es usted? —dice Dean con severidad. En su visión periférica, ve que la dama tiene posiblemente una daga muy afilada en su poder.

—¡Dean, ignórala, sea quien sea! No sé por qué se cubre la cara con la ropa, y no me importa. Tenemos que encontrar el libro maya con el número 0 en la portada y entregárselo inmediatamente al Papa —dice Jerry. De repente, los grandes rottweilers ladran con saña desde la distancia, asustando a Jerry, haciéndole caer al suelo. *¡Thud!*

—¡Cuidado, hombre! Cuidado con lo que haces, Jerry —dice Dean. Mientras escuchan a los perros grandes haciendo ruidos de olfateo y gruñidos. Los perros grandes comienzan a perseguir a Jerry y a Dean. Jerry cae y es mutilado por dos de los rottweilers.

—*¡Auh!*—Dean mira rápidamente hacia atrás con horror, luego cierra las puertas detrás de él y entra en la bóveda de los archivos del Vaticano. —Me alegro de que esos perros tontos no puedan abrir puertas —dice Dean. Dean comienza ahora una búsqueda sistemática en los archivos, sabiendo que el libro, misteriosamente, no está en el lugar asignado. Misteriosamente, Dean escucha música de violín en la sección de números romanos DCLXVI de los archivos del Vaticano.

Finalmente, tras horas de búsqueda, Dean localiza el libro extraviado donde se acaba de escuchar la música de violín dentro de los archivos vaticanos. Dean mete el libro en su bolsa. Se dice a sí mismo:

—Oye, mira aquí, hay un libro con una portada que dice "Vicarius Filii Dei" Parece que tiene información sobre el Papa, y todos los sacerdotes católicos que han pasado por el Vaticano. Me pregunto si el apóstol Pedro fue realmente el primer Papa —cuando Dean empieza a hojear las páginas, una mano de mujer le quita el libro de las manos. Mira y ve a una misteriosa mujer con un velo que le cubre la cara. Le grita: —¡Oiga, deténgase, señora! No debe sacar archivos de aquí sin permiso.

Ella responde secamente:

—¡Yo misma me he dado permiso! —entonces ella apuñala con su daga profundamente en el pecho de Dean. La sangre brota mientras Dean cae al suelo. Entonces la mujer se aleja riendo mientras Dean yace en un charco de sangre. De repente, Dean oye un violín, una hermosa música celestial. Mira y ve a un padre de pie sobre un altar construido en piedra.

Mientras la música se desvanece y el padre desaparece misteriosamente, Dean dice:

—Tengo que llevarle el libro al Papa —Dean, todavía sangrando, saca una pequeña bolsa de su mochila. Luego saca un pequeño frasco de la bolsa y lo abre. Introduce dos dedos en el frasco, saca un poco de pomada de arcilla y se la unta en el pecho perforado para frenar la hemorragia —Bien —a continuación, Dean saca un frasco de cristal en miniatura de la bolsa, abre el tapón y se bebe el líquido verde—Mm. He olvidado de qué planta está hecho esto, pero siento el cuerpo caliente —Dean, rejuvenecido al instante, se levanta del suelo y sale por la puerta trasera de la cámara, lejos de los perros.

Nadie sabe con certeza por qué el libro que buscaba Dean se extraviaba siempre. Es como si tuviera piernas para andar, o tal vez alguien dentro del Vaticano lo ha estado leyendo.

Dean oye una pesada puerta que se abre delante. Es Joe, con Herbie en su hombro izquierdo.

—¡Ayúdame, Joe!

—¡Dean, estás sangrando!

—Sí, Joe, pero debo llevarle esta bolsa al Papa. Contiene un libro con una codificación antigua. ¡Este libro debe llegar al Papa! —el sexto sentido de Joe le dice que el peligro está cerca. De repente, con una velocidad bestial, los cuatro grandes rottweilers se abalanzan sobre Joe y Dean. Mientras los despiadados perros chasquean sus grandes dientes contra Joe y Dean, la música de violín empieza a sonar cerca. Los grandes perros dejan de ladrar y se distraen de alguna manera mientras Joe y Dean corren hacia la salida. La música se detiene. Los perros comienzan a perseguir de nuevo y se acercan a Joe y Dean.

Herbie sugiere:

—¡Lucha contra ellos, Joe!

Con rapidez y fluidez, Joe saca su espada y dice:

—¡Sigue corriendo, Dean! —Dean asiente y continúa corriendo, sosteniendo su bolsa como si fuera un balón de fútbol. Joe adopta una postura de lucha, con su espada sagrada extendida frente a su cuerpo. Los cuatro enormes perros están a un metro de distancia. Joe se arrodilla y blande su espada horizontalmente - *¡Whiff!* - decapitando a los cuatro grandes rottweilers. Mientras las cabezas de los perros rebotan y ruedan por el suelo, Joe inclina su espada hacia abajo para hacer que la sangre caiga al suelo y así limpiarla. Tomando aire, Joe vuelve a colocar su espada en su funda. —Vamos, Herbie.

—Vamos, Joe.

Joe se levanta suavemente hasta ponerse de pie. Herbie le besa en la cara con su pequeña lengua. Joe sonríe y luego se aleja con elegancia de la zona de los archivos del Vaticano, alimentando a Herbie con galletas por encima de su hombro izquierdo.

Herbie dice:

—Mira, Joe. *Ark* —Joe observa a Dean arrastrándose por el suelo. Joe coge a Dean y se lo echa al hombro—. ¡Sigue, Joe! —dice Herbie mientras vuela hacia adelante para indicar el camino.

La enorme campana del Vaticano suena, enviando un mensaje al Papa. Una vez que Joe y Dean llegan a la sala de la sede del Vaticano, el Papa dice:

—Por favor, pasen. Los estaba esperando.

Dean dice:

—Déjame bajar, Joe. Por favor —Joe sonríe y retira a Dean de sus hombros, colocándolo suavemente en posición de pie—. Gracias, Joe —Dean, con un enorme dolor, con el pecho palpitando por el pinchazo de la daga, se tambalea hacia el Papa para entregarle personalmente el antiguo libro maya. Dean saca lentamente el libro de su bolsa. Besa la mano del Papa. Luego le da el libro y dice: —Líder de la Tierra. Mi Papa. Lamento informarle que alguien robó un valioso libro de la bóveda del Vaticano que tiene información sobre todos los Papas católicos —los ojos del Papa se abren muy grandes. Dean de repente se desploma y cae muerto en los brazos del Papa.

Al día siguiente, el Papa se dirige agradecido a los líderes religiosos del mundo. Su propósito es unir a las personas de todas las religiones, como el cristianismo, el islam, el judaísmo, el budismo, el taoísmo y muchas otras confesiones religiosas, cuyos representantes están sentados en una gran sala de reuniones. De repente, la reunión se ve interrumpida por una abadesa recién ascendida llamada Samara, que es una mujer fuerte de alto rango. Samara demuestra su aplomo y presencia mientras mira a todos los hombres de la sala. Un líder religioso dice:

—¿Por qué está esta mujer aquí?

El Papa dice:

—Por favor, cálmense todos. Samara, ¿puedo ayudarte, hija mía? —Samara no responde. Pone los ojos en blanco mientras observa el misterioso libro maya en las manos del Papa, que se parece al manuscrito Voynich. Samara mira con sus grandes ojos de tiburón, sonríe con picardía a todos y luego se excusa en silencio. —Samara ha dado toda su vida a la Iglesia. Por ello, debemos respetarla. Es nuestra estimada abadesa —dice el Papa, restableciendo el orden.

Un magnate llamado Edward Bubo Dicaprio entra en la sala. El Papa dice:

—¡Hola, Bubo! Es un honor para nosotros contar con tu presencia. Por favor, entra. Llegas justo a tiempo. Caballeros, Bubo es un amigo. Debido a que el mundo está experimentando una recesión económica, ha tenido la gentileza de ayudarnos a financiar nuestros intereses, siempre y cuando nuestro propósito se entrelace con el suyo.

—¡Hola, Papa! —dice Bubo, besando la mano del Papa. Luego Bubo hace un gesto. —Buenas noches, señores. Yo soy el que se siente privilegiado por su presencia —el magnate Bubo levanta su mano, formando la figura de un búho con cuernos y saluda. Todos se quedan mirando el llamativo anillo de masón del agua que lleva en el dedo. Se sienta.

Ahora que todo el mundo está preparado, el Papa cuenta la vieja historia de cómo este libro maya llegó por primera vez a manos religiosas. El Papa se remonta al día de Halloween de 1562, cuando el obispo Diego de Landa llegó a Yucatán con guerreros españoles. Encontraron a unos trescientos mayas y a un niño que estaba a punto de ser sacrificado en un altar maya. El obispo Diego corrió directamente hacia el niño mientras este era cortado con cuchillos. Los guerreros españoles corrieron con el obispo Diego y lucharon contra los mayas como pudieron. Finalmente, el obispo Diego alcanzó al niño, que estaba siendo sujetado para el sacrificio y lo salvó, recogiéndolo en sus brazos. El niño lloró de alivio. Los mayas que no fueron asesinados huyeron, aunque algunos fueron capturados para ser interrogados. La madre del niño fue localizada. Los dos lloraron después de reunirse. El obispo Diego observó la estructura de las edificaciones mayas y discernió que el pueblo practicaba la astronomía. Se preguntó cómo habían llegado a ser tan avanzados, y de quién era la inteligencia que les había ayudado a lograr tales hazañas celestiales. Junto con algunos guerreros españoles, observó una vasta biblioteca maya. Rápidamente, vio un libro con la inscripción del número 0 maya y el nombre distorsionado de Kukulkán. Miró dentro del libro y sus nervios entraron en shock. Inmediatamente, se puso a rezar a Dios, ocultando el libro bajo su túnica para que los demás hombres no lo vieran. El obispo Diego dijo entonces:

—¡No habrá más sacrificios aquí! Recojan tres libros para salvarlos, y den acto de fe del resto inmediatamente —el resto de la biblioteca maya, en su totalidad, fue quemada hasta las cenizas.

El Papa bebe un vaso de tónica y luego comienza a leer del libro. El libro informa a los líderes religiosos de la demoníaca práctica de sacrificio que se lleva a cabo en todo el mundo en el día de Halloween en honor a un poderoso ángel caído. En el interior del libro hay un mapa que indica cómo llegar a una isla de Yucatán que existe en la quinta dimensión y que aparece cada día de Halloween. Allí los líderes religiosos deben encontrarse con una persona llamada Namas, que les proporcionará la in formación necesaria sobre el misterio de Halloween. Esta misión sagrada debe ser completada, o los espíritus demoníacos malignos inundarán el mundo con un trágico caos en el día de Halloween. El libro afirma que el ángel caído, conocido como Kukulkán por los mayas, fue llamado Quetzalcóatl por los aztecas, y Supay por los incas. Los incas crearon muchos diseños visibles desde el cielo siguiendo las instrucciones de Supay, una serpiente voladora. El libro afirma que existe un Libro del Conocimiento que el ángel caído perdió a manos de un mortal, que se lo dio a Saman para que lo guardara. Este Libro del Conocimiento proporciona orientación sobre cómo lograr la longevidad al construir edificaciones como las pirámides. El Papa lamenta que su pueblo no haya descubierto todavía el paradero del Libro del Conocimiento, y espera que haya sido quemado hasta las cenizas hace muchos años por el obispo Diego. El Papa proclama:

—¡Entonces todos están de acuerdo en abrogar Halloween!

—¡Sí, Papa! —coinciden todos los líderes religiosos.

Sacando un papel del libro, el Papa lo lee, una nota escrita a mano por el obispo Diego, que dice:

—Esto es lo que dice Romanos 13:12 La noche está avanzada, el día se acerca: desechemos, pues, las obras de las tinieblas, y vistámonos las armas de la luz.

Los líderes religiosos responden:

—¿Qué significa esto? —el Papa se coloca la mitra, que lleva bordado "Vicarius Filii Dei" sobre la cabeza y luego dice: —Novus Ordo Seclorum —con una presencia imponente, continúa —Me he comunicado con el rey de Inglaterra, quien me informa que varios caballeros reales, entre ellos el caballero de honor, irán con las personas de experiencia que ustedes han seleccionado para representar su religión. Esta profecía, con la ayuda de Dios, nos dará la armadura de la luz.

Todos los líderes religiosos exclaman:

—¿Quién es este caballero de honor?

El Papa proclama con confianza:

—¡Joe! —Joe, sosteniendo un mapa de la zona donde tendrá lugar la misión de Halloween, entra en la sala, con Herbie sobre su hombro izquierdo.

Joe, con una fuerza y salud increíbles, sube orgulloso a un podio para dar un breve discurso.

—Hoy estamos aquí como un equipo, como una familia. Los seres humanos de este mundo están desperdiciando la corta vida que tienen aquí en la tierra juzgando a los demás. En lugar de eso, cada día deberían ayudar a las personas con las que se cruzan, y también a sus familiares. Deberían amarse unos a otros en lugar de juzgar o ignorar a las personas. Las personas que viven en este mundo debería mostrar amor por los demás —de repente, todos los líderes religiosos se levantan de sus sillas y empiezan a abrazarse unos a otros, con lágrimas en los ojos.

Capítulo 10

Unos días más tarde, después de que Joe haya sido informado minuciosamente por el Papa en sus aposentos privados sobre su próxima y peligrosa misión relacionada con el misterio de Halloween, Joe escucha un golpe fuerte *¡toc! ¡toc!* en la puerta de su habitación en el Vaticano. Es el mensajero llamado Wheels, que le trae un plato de desayuno con café caliente, y una carta sellada del rey de Inglaterra. Wheels dice:

—Deseo ayudarle, señor, ¡vaya caballero de la realeza es usted, Joe!

—¿Ayudarme? Bueno, gracias —dice Joe. Dándose la vuelta, coge dos monedas de plata de su bolsa de viaje, como propina. Pero el chico desapareció, sin hacer ruido.

Herbie dice:

—No necesita alas, Joe. ¡Rápido! *¡Ark!*

—No estás bromeando, amigo emplumado ¡..Mm! —del cajón del escritorio, Joe coge un abrecartas hecho de oro macizo. Inserta el abrecartas y abre el sobre. —Es el rey, solicitando mi presencia en Inglaterra —dice Joe.

Joe da un profundo sorbo a su taza de café de sabor deliciosamente fuerte. Luego, con el cuchillo del desayuno, corta el queso italiano, colocando una rebanada entre dos trozos de pan italiano fresco. Joe come mientras piensa profundamente. Contempla cómo puede llegar a Inglaterra de una manera conveniente.

Herbie, volando por encima, se posa en el hombro izquierdo de Joe, sosteniendo el pasaporte estadounidense de Joe en su pico. Herbie dice:

—Vamos a volar, Joe. *¡Irk!*

—Sí, Herbie. La Ciudad del Vaticano está a solo doce millas del aeropuerto de Fiumicino. Volemos a Inglaterra, amigo mío.

¿Pero cómo sabías lo que estaba pensando, Herbie?

—Yo oigo, Joe-oye-oye. *¡Awk!* —responde Herbie. Los dos se ríen.

Joe y Herbie suben a un avión, que es atendido por una encantadora azafata llamada Kim. Ella ve a Joe y le dice:

—No veo ningún anillo en tu dedo, guapo. ¿Eso significa que eres libre?

—Todo el mundo tiene libre albedrío, si eso es lo que quiere decir, amable dama —dice Joe.

—Joe está comprometido. *Irk!* —Herbie interrumpe.

Justo en ese momento, un hombre con una máscara saca una espada de debajo de uno de los asientos del avión. La espada había sido colocada allí antes del embarque del avión.

—¡Quieto todo el mundo! ¡Esto es un secuestro! Y sí, estúpidos infieles, ¡soy un soldado del Nuevo Orden Mundial! ¡Escuchen, estúpidos! ¿Quién de aquí es americano? —grita el secuestrador, salivando.

Joe, con Herbie en su hombro izquierdo, se levanta y dice:

—¡Soy americano y estoy orgulloso de serlo!

El secuestrador mira furioso a Joe y grita:

—¡Ven aquí, hombre pájaro! ¡Ahora!

Al instante, Joe siente la adrenalina de la muerte en el aire. Desenvaina su sagrada espada de honor y dice:

—¡En guardia!

—¿Cómo has conseguido pasar esa espada por la aduana? —grita el desconcertado y enfadado secuestrador. Joe levanta su espada en el aire, listo para atacar.

Herbie, defendiendo a su amigo, le dice al secuestrador:

—¿Cómo has pasado la aduana con ese feo disfraz? *¡Awk!*

Furioso, los ojos del secuestrador se iluminan de ira. Comienza a golpear a Herbie con su espada. Entonces Joe extiende su espada con su mano fuerte, con la intención de interceptar la espada del secuestrador. *¡Clank!* Ambas espadas se conectan para crear una chispa que provoca un pequeño incendio en el carrito de licores.

La azafata, Kim, coge el matafuegos de emergencia. Herbie se abalanza y con sus garras recoge una gran jarra de leche del mostrador de la cocina. Luego vierte la leche sobre el fuego, derramando accidentalmente un poco sobre algunos pasajeros.

—*¡Auh!*—se quejan los pasajeros mojados por la leche.

Kim es una bella e inteligente azafata, muy profesional. Ella y Herbie apagan el fuego mientras el secuestrador y Joe se enfrentan. El secuestrador es un espadachín muy entrenado, pero no es rival para Joe, ya que es experto en espadas samurái. El secuestrador, enfadado, golpea a un pasajero inocente para distraer a Joe. Pero Joe empuja su espada hacia delante, cortando el brazo del secuestrador. A continuación, Joe, como un campeón olímpico de esgrima, golpea de nuevo con su espada, utilizando un golpe para hacer un contacto nítido con la espada del secuestrador. Desarma al secuestrador, cuya espada cae al suelo.

¡Plunk! Joe coloca ahora suavemente la punta de su espada contra el pecho del secuestrador. El corazón del secuestrador suena con fuerza -lub-dub, lub-dub, lub-dub- y sus ojos parecen los de un ratón asustado. Joe apunta para dar el golpe de gracia.

—¡Por favor, no me mates! Tengo trece hijos y un loro más guapo que el tuyo —dice el secuestrador.

De repente, un hombre grita diciendo órdenes.

—¡Aquí Servicio Federal de Alguaciles Aéreos! —el alguacil aéreo coloca las esposas al secuestrador terrorista. Mirando a Joe,

dice —¡Volveré para hablar contigo sobre esa espada que tienes, campeón olímpico de esgrima!— El alguacil aéreo escolta enérgicamente al secuestrador terrorista a un área segura del avión. Kim temblando de miedo abraza a Joe.

Finalmente, el avión aterriza en Inglaterra. Joe, con su loro Herbie en brazos, sale del avión y se dirige a la parte delantera del aeropuerto. Intenta llamar a un taxi sin suerte. Herbie silba con fuerza. Un taxi se detiene en seco, "¡Se desliza!" quemando la goma de los neumáticos.

—¿Ustedes Yankees, necesitan un aventón?— dice el taxista.

Joe y Herbie suben al taxi.

—Al Palacio de Buckingham, por favor —dice Joe.

Llegan al Palacio de Buckingham. Joe le da al taxista varias libras esterlina, mientras que Herbie le da un chelín Inglés.

—Vaya, gracias —dice el conductor.

Joe saca su teléfono móvil, marca un número y dice:

—Estoy aquí, señor.

—¡Excelente! ¿Listo para el Juego de Reyes? —dice el rey.

Los guardias del palacio escoltan a Joe a los campos de polo, donde el equipo del rey está perdiendo en un partido muy disputado.

—¡Será mejor que entres aquí, Joe! —ordena el rey.

Mientras Joe camina, tiene una sensación de inquietud, y de repente le abrazan por detrás.

—¡Te amo! —dice Charlotte. Joe está asombrado, pero se pregunta cómo su prometida ha podido acercarse sigilosamente a él. Después de todo, es un guerrero samurái.

Herbie sacude su cabeza de loro y dice:

—Amor Joe. Amor... *awk.*

Joe se viste y ensilla a su caballo de polo, quien se ha agitado con la presencia de su jinete. Joe coloca su mano izquierda en el cuello del caballo de polo y lo acaricia para calmar su ansiedad. Dice:

—¡Vamos a divertirnos, caballo de polo —Joe ve que el rey pierde la pelota de polo de madera ante los oponentes, así que al instante carga e intercepta la pelota de madera. Joe se concentra con una precisión *zen.* Entonces hace oscilar su mazo de mango largo, cuya cabeza del mazo golpea la pelota para anotar, empatando el partido.

El rey y Joe forman un equipo admirable. Un oponente llamado Brutus viene rapido hacia Joe y le lanza su fusta a la cara. Pero Joe, aprovechando los músculos de su cuello, se aparta del peligro y evita ser golpeado en la cara. La fusta golpea al caballo de polo de Joe en el hocico. El caballo de polo se desboca brevemente, pero Joe recupera rápidamente el control.

Charlotte, mirando, grita preocupada:

—Joe, cariño, mi amor.

Brutus, riendo, y ahora en control de la pelota de madera, ve a Joe acercándose rápidamente. Vuelve a lanzar su fusta hacia la cara de Joe. Pero esta vez Joe utiliza su boca para atrapar y sujetar la fusta; en consecuencia, esto hace que la sangre brote profusamente de los labios de Joe. Entonces Joe, con la fusta de Brutus en la boca, flexiona los músculos del cuello y la mandíbula, e inclina la cabeza hacia la derecha, haciendo palanca. ¡Boom! Brutus cae con fuerza al suelo. Charlotte salta de alegría. Joe balancea su mazo, golpeando la pelota de polo en dirección al rey para ayuda. El rey ubicado desde veinticinco yardas de distancia de la portería, mueve su mazo rápidamente golpeando la pelota de polo, pasa por los postes, anotando dos puntos. "¡Todos gritan gol!"

—¡Sí! —grita el rey con alegría.

Terminado el partido de polo, Joe y el rey se sientan a hablar sobre la proximidad de otro día de Halloween. Un criado les trae una taza de café. Joe intuye que el rey está nervioso, o preocupado por algún asunto misterioso.

—Luchemos un poco con las espadas, señor. Esto ayudará a pensar más sabiamente. ¿Qué opina, señor?— dice Joe.

El rey piensa rápidamente y dice:

—¡Salud! —tanto Joe como el rey chocan sus tazas de café y se beben lo último de la infusión de sabor suave y lígeramente amargo. Los dos se dirigen al gimnasio y se ponen el equipo de esgrima.

—Ahora, ¡en guardia, Joe! —dice el rey. Joe cierra los ojos, estira la mano y le quita al rey el florete de las manos. —¡Increíble! ¡Inconcebiblemente increíble! —dice el rey.

—Tuve suerte, señor —dice Joe.

—Vamos a probar los sabres, Joe.

Quero tener paz eterna acerca de enviar a un futuro miembro de la familia real a una posible misión suicida— dice el rey. Entonces Joe y el rey comienzan a hacer sonar sus espadas con fuerza. Saltan chispas de las espadas de los sabres. Joe percibe que el rey es un hombre poderoso y dominante, un hombre de honor y un espadachín muy eficiente.

Mientras ambos continúan con su lucha de espadas, el rey dice:

—Joe, a veces es difícil ser rey. Y estoy preocupado por tu vida, Joe. Esta misión de Halloween es la tarea más peligrosa que he asignado a un caballero real —saltan chispas horrendas de sus espadas. El rey va tras Joe con fuerza. De repente, Joe desarma al rey, rompiendo el sabre del rey en dos. Las piezas caen al suelo.

¡Clunk! ¡Clank!—Joe, ¿por qué? ¿Y cómo has roto este sabre de acero de primera calidad? —el rey mira con asombro.

Joe sonríe y dice:

—Se me resbaló —mira alegremente al rey por el rabillo del ojo.

—¡Estás listo, Joe!¡Estás extraordinariamente preparado para cualquier misión! —proclama jubiloso el rey.

Los dos caballeros charlan sobre posibles estrategias para la próxima misión de Halloween. Mientras caminan por un pasillo, el rey dice:

—Ven, Joe. Hay algo que quiero mostrarte —el pasillo se estrecha. Entran en una cámara secreta donde se guardan reliquias. El rey saca de su bolsillo una llave maestra de bronce y la coloca en el ojo de la cerradura de un cofre de madera petrificada. Una vez que gira la llave, el cofre de tamaño medio se abre. Dentro, Joe ve una brillante armadura de caballero.—Joe, esta armadura es la que dejó el mejor caballero de Inglaterra, William Marshal —Joe sonríe mientras el rey continúa. —William Marshal era un maestro espadachín y un caballero real que ganó muchas justas y campañas militares para el rey y el país. Su armadura está hecha de un meteorito que cayó del cielo, justo cuando William rezaba para convertirse en un caballero real para luchar por la justicia, contra todo el mal. El inusual metal que salió de este meteorito es una combinación de titanio y una sustancia desconocida que lo hace muy ligero pero muy fuerte. Por desgracia, solo se conservó la parte superior de la armadura de William Marshal, que protege el pecho, el abdomen y la espalda, y se guardó bajo llave. A primera vista, la armadura parece estar hecha de cobre, pero luego, si te fijas bien, parece estar hecha de acero inoxidable que brilla cuando le da la luz.

Joe, estudiando la armadura, dice:

—La armadura de este caballero tiene características camaleónicas, mezclándose con su entorno —Joe saca de la caja la armadura del difunto gran campeón William Marshal y la coloca sobre varios fondos diferentes, revelando la capacidad de la armadura de cambiar de color para mimetizarse con el fondo. Después de ponerse la armadura, Joe se mueve a la izquierda y luego a la derecha, muy rápido y sin que le estorbe la armadura, que ahora lleva puesta a petición del rey. —¡Wow, increíble! —grita Joe con entusiasmo. La armadura se ajusta perfectamente.

El rey dice con orgullo:

—¡Sí, Joe! La armadura es tuya. Llévala a las batallas, cuando consideres oportuno usar la armadura de caballero para una misión concreta en la que estés. Y te recomiendo que uses esta armadura en la próxima misión peligrosísima de Halloween.

Capítulo 11

Pasan varias semanas. El rey de Inglaterra, junto con la reina Charlotte y Joe...este último con Herbie al hombro...reciben a Rose, que acaba de llegar a Inglaterra desde Beverly Hills. Joe abraza a su hermana. Herbie besa a Rose en la mejilla. Luego Rose y Charlotte se abrazan. Rose le dice:

—Vamos a comprar el vestido de novia.

Charlotte mira a Joe y dice:

—Aunque a veces estés lejos, ¿crees que puedes escapar de nosotros? —le dice misteriosamente. Joe se despide de todos, aceptando un largo beso y un abrazo de su prometida.

A continuación, Joe parte del Palacio de Buckingham. Él y Herbie toman el mismo taxista para que los lleve de vuelta al aeropuerto.

—¿Otra vez tú? —Herbie y el taxista dicen al mismo tiempo.

Joe se ríe mientras sube al taxi.

—California, allá vamos —dice.

Herbie le dice:

—Acelera, amigo —esta vez lanza dos chelines al taxista—¡*Awk!*

—¡Gracias! —dice el taxista.

Rose se queda en el Palacio de Buckingham para ayudar a Charlotte a enviar las invitaciones y a comprar el vestido de novia.

Charlotte y Rose suben a la limusina real con un chófer, que también es guardaespaldas real. La limusina recorre la carretera Abbey. Emocionadas, se detienen en la fabulosa Tienda Le Tessy, donde trabaja la famosa médium llamada Gilda, que lee las manos. En la tienda Le Tessy, Charlotte insiste:

—¡Haz que te lean la mano, Rose!

—¿Por qué iba a querer que me leyeran la mano, Charlotte?

—pregunta Rose.

—¡Es divertido! Además, quiero saber lo que Gilda tiene que decir sobre tu futuro —dice Charlotte. Las mujeres se ríen. La encantadora Gilda comienza a leer la palma de la mano de Rose. —¡*Ah!* ¡Tu hermano! —Gilda grita. Sale corriendo de la tienda Le Tessy, gritando a todo pulmón.

Charlotte dice:

—Interesante.

—¿Por qué salió corriendo gritando de miedo? —se pregunta Rose.

De repente, la dueña, Madam Tessy, entra por una puerta oculta y dice:

—¿Puedo ayudarlas, señoritas? —Charlotte transmite con entusiasmo su deseo a Madam Tessy, diciendo que espera adquirir un exquisito vestido de novia.

Charlotte se prueba unos cuantos vestidos de novia. Finalmente, dice:

—¡Rose, este es el indicado! Es precioso.

Madam Tessy dice:

—Creo que tenemos que adaptar este vestido ahora —Rose está de acuerdo.

Llega la modista, a la que llaman Señora Fluffy.

Fluffy dice:

—Te lo ajustarán y te envolverán como una calabaza, cariño —Madam Tessy supervisa todo mientras el vestido está listo para que la novia camine hacia el altar. Rose aprovecha que la modista está ajustando el vestido de novia a Charlotte, y le paga a Madam Tessy con una pequeña bolsa de oro que le entregó su hermano Joe antes de irse.

Una vez que Charlotte y Rose salen de la Tienda Le Tessy, un hombre que se encuentra afuera del lugar y mirando con sus grandes ojeras dice: —¿Hola chicas, quieren tener un tiempo divertido?—

El guardaespaldas real saca su enorme pistola, apunta a la cabeza del hombre y dice:

—No, no, no. Retrocede, amigo —el hombre se retira asustado. Cuando Charlotte y Rose están a salvo en la limusina, el chófer se aleja a toda velocidad. Llegan al Palacio de Buckingham. —Rose, tengo que ver a Joe —dice Charlotte en voz baja..

—¡Entonces reservemos un vuelo a California y sarprendamos a Joe!— exclama Rose.

Capítulo 12

El vuelo de Joe llegó sin problemas a California. Joe se despertó temprano en la mañana, bostezando en su cama en la Mansión Benson. Herbie, volando y vigilando a su amigo Joe, dice:

—Jardín, Joe —entonces Herbie sale volando hacia el jardín a través de la ventana abierta del dormitorio.

Joe se levanta de su cómoda cama, se acerca a su altar, se arrodilla y comienza su oración, diciendo:

—Padre nuestro que estás en los cielos, santificado sea tu nombre. Venga tu reino. Hágase tu voluntad, como en el cielo, así también en la tierra. El pan nuestro de cada día, dánoslo hoy. Y perdónanos nuestras deudas, como también nosotros perdonamos a nuestros deudores. Y no nos metas en tentación, mas líbranos del mal; porque tuyo es el reino, y el poder, y la gloria, por todos los siglos. Amén.

Esta es la llave que permite al ángel Joe visitar el cielo. Joe camina en el cielo como el ángel espiritual de honor. El cielo es glorioso, con un orbe brillante de luz, que es la santa presencia de Dios, rodeándolo todo. Joe se arrodilla ante Dios y dice:

—Mi santo Padre, por favor, dame fuerzas para tener éxito en esta misión de Halloween, pues deseo casarme con Charlotte la mujer que amo y tener una familia.—En ese momento hay un gran silencio en el cielo.

Entonces Dios le habla a Joe.

—Joe, tu amor por Charlotte y tu fe en el Señor te llevarán a superar todas las adversidades en este momento. Estoy contigo, hijo mío. Te quiero. No te preocupes, Joe —dice Dios.

Joe se seca las lágrimas y dice:

—¡Te quiero, Dios! —Joe entonces se marcha, volviendo a la tierra. Al salir de su oración, se encuentra de rodillas junto a su altar.

Joe respira profundamente, se levanta con elegancia y se acerca a su calendario para mirar hacia adelante.

—Hmm. ¡Se acerca otra noche de Halloween! —dice.

Capítulo 13

Una semana antes de la noche de Halloween, de vuelta en el castillo de la malvada bruja Samara, el lugar donde la joven Angelina fue llevada poco después de haber sido secuestrada en el Vaticano por los secuaces de la Madre Superiora Samara. Angelina es desnudada por los seguidores de Samara, y su hermoso cuerpo curvado está expuesto. Angelina es atada con correas de cuero a una piedra de sacrificio de color negro. Samara pinta por todo el cuerpo de Angelina un tinte verde azulado, hecho con el mineral de jade. Este tinte de jade verde azulado, utilizado de antaño por los mayas, se colocaba históricamente en los cuerpos de las víctimas designadas que iban a ser sacrificadas en honor al cumpleaños de Satanás en la noche de Halloween.

Samara agita su mano sobre su bola de cristal. Esta se ilumina. La mira profundamente y canta en latín:

"Meus rex, diabolus!" (¡Mi rey, el Diablo!) —Me has prometido quedarme en el lugar del Papa si lo elimino.—

Satanás dice, con una risa maligna y seductora:

—¡Tienes mi palabra!

Entonces Samara agita su mano sobre la bola de cristal brillante. Esta se oscurece. Samara, un poco cansada, ordena:

—¡Japonra! Eres mi bruja más inteligente. Por favor, ¡guarda el Libro de Itzamná hasta la próxima noche de Halloween!

—¡Sí, Samara! ¡Guardaré este Libro del Conocimiento para que esté a salvo en Japón! —dice Japanra.

Capítulo 14

El tiempo pasa. Faltan pocos días para la noche de Halloween.

Joe está en su casa de Beverly Hills, relajándose en el jardín de la mansión. El sol brilla, los pájaros gorjean, los peces chapotean en el arroyo y los insectos zumban. Joe está en una postura samurai, con las rodillas en el suelo, sentado sobre la parte posterior de las pantorrillas y los talones de los pies. Joe está sin camisa, tomando el sol. Afila su santa espada de honor con una antigua piedra templaria especial. Herbie vuela por el aire y se posa en el hombro de Joe.

—¡Afila la espada, Joe! ¡Tenemos una misión mañana! —dice Herbie.

—¿Tenemos una misión, Herbie? —dice Joe con una ligera risa. Entonces Joe coge el suave trapo de pulir que tiene al lado y empieza a pulir su espada. Es un gladiador profesional. La espada, una vez pulida, parece un espejo transparente.

Joe y Herbie se ven reflejados en la espada. Herbie grita:

—¡Joe, mira! Somos un equipo. *¡Awk!*

—¡Sí, lo somos! —Joe asiente, observando el notable reflejo de él y Herbie en la espada.

Joe reflexiona tiempo atrás, recordando a su difunto sensei, Musashi, enseñándole reiho modales de etiqueta. Joe recuerda estar de pie, sosteniendo su espada envainada e inclinándose ante el Sensei Musashi. Entonces Joe se puso de rodillas y colocó su espada en el suelo frente a él. Se inclinó ante su espada. Él recuerda cuando Sensei Musashi le dice: —La buena etiqueta, Joe, es la primera lección de una persona que estudia artes marciales. La buena etiqueta también va hacer tu final lección, y las personas te recordarán por tus modales. La buena etiqueta te ayudará a conseguir la vida eterna, Joe.—

Mientras Joe sueña despierto, Charlotte camina pretenciosamente hacia a él. —Rose me dijo que estabas aquí—dice ella. Ella escudriña el atlético pecho, el abdomen y los brazos de Joe, mientras él, junto con Herbie, pule la magnífica espada.

—Me alegra que estes aqui. ¡Te ves maravillosa, Charlotte!—Dice Joe.

—¡Maravillosa, maravillosa!—Herbie grazna. Charlotte se sienta al lado

de su prometido y lo abraza. Luego lo besa apasionadamente.

Ahora Joe y Charlotte sostienen el mismo trapo para pulir, mientras Joe le muestra a Charlotte cómo pulir una espada. Herbie dice: —Pule la espada, Charlotte... Dos

días... ¡Misión! *¡Awk!*—Herbie divaga.

Charlotte pregunta: —¿Misión? Joe, faltan unos días para Halloween.

¿Qué misión, Joe?

—Sí. Charlotte, la misión es conseguir muchos dulces de Halloween para

ti. Veamos una película.—dice Joe, mirando a Herbie como si lo regañara por su lengua suelta.

—He volado desde Londres para estar contigo, Joe. Sí cariño. Vamos

ver una película. Además, Rose vino conmigo. Sin embargo, ella se se subió

una limusina con un magnate muy guapo.—

En ese momento, Joe recibe un mensaje de texto de su hermana. —Te amo, Joe, estoy con Bubo. No te preocupes. Te mando besos mi querido hermano.—

Joe y Charlotte, sosteniendo un cuenco de madera con sus manos, comienzan a comer palomitas. Herbie pone sus patas de loro en el cuenco y engancha algunos

Palomitas. Herbie dice: —¿Mantequilla, Joe? ¿Dónde está la mantequilla?

—¡Shh! Silencio, Herbie—dice Joe. Todos ven una película llamada (Entra el Dragón) en un televisor de setenta pulgadas tecnológicamente muy avanzado, las imagenes que se miran son muy reales.

Joe y Charlotte observan una expresión facial de preocupación de Bruce Lee mientras se encuentra abordo de un barco, contempla una isla con varios personaje de aspecto malvado que están esperando en la orilla de la playa la llegada de él y sus compañeros.

Charlotte voltea a ver a Joe y le hace una pregunta: ¿Mira su misteriosa expresión de Bruce Lee? ¿En qué estará pensando?" Dice ella.

—Creo que es su sexto sentido el que le alerta del mal que hay en esa Isla —dice Joe. Él y Charlotte comen palomitas calientes sin mantequilla. Mientras Joe y Charlotte disfrutan de un buen rato, con Herbie bebiendo un refresco, Joe recibe un mensaje del Vaticano. Es una bendición del Papa que le dice: —Joe, todo está listo para tu gran misión de Halloween. Que Dios te acompañe. En el nombre del Padre, del Hijo y del Espíritu Santo. Amén.—

Capítulo 15

Todavía faltan unos días para la noche de Hallow-een. De vuelta en el Vaticano, el Papa toma una bebida de olor ligeramente penetrante que le ofrece la monja italiana Romanra, con la esperanza de saciar su sed. El Papa dice:

—Un sabor peculiar, pero refrescante, mi niña.

Las negras pupilas de Romanra se abren de golpe, dilatándose como las de un tiburón blanco. Ella dice:

—¡Relájate, Papa!

Al Papa le duele de repente la cabeza y se dirige a su cama para descansar.

Ha pasado media hora. Uno de los sacerdotes comprueba la salud del Papa. El sacerdote grita:

—¡Oh, Dios mío! —al observar la cabeza del Papa hinchada como una calabaza de Halloween. El Papa es trasladado al hospital del Vaticano, pero misteriosamente no muere de edema cerebral. Aunque está muy delicado de salud, está lo suficientemente lúcido como para hablar con la abadesa Samara.

Samara entra. A juzgar por su expresión facial, parece estar en estado de shock.

—Vaya, parece que has visto un fantasma, niña —dice el Papa.

—¡¿Estás vivo?!—grita Samara sorprendida.

—Sí, pero mi energía está debilitada. Necesito que te hagas cargo temporalmente, Samara. Tendrás temporalmente el poder. Eres la estimada abadesa, y como una hija para mí... He ordenado esto —dice el Papa.

El Papa anuncia al mundo que la abadesa Samara se encargará de todos los asuntos del Vaticano mientras él se recupera de su enfermedad.

La abadesa Samara piensa: El Acusador me mintió. No dijo que mi poder sería temporal. Samara empieza a sollozar.

Luego, a las pocas horas de la proclamación del Papa que confiere el poder a la abadesa Samara, el Papa entra en coma. Pronto muere a causa de un repentino edema cerebral. Samara ha recibido un poder total y permanente. Y ahora tiene el título de la "Mama Papa".

Samara con su grande vestido adornado de piedras preciosas y la corona papal sale victoriosamente al balcón del Papa que está en el Palacio Apóstolico, donde una gran multitud de personas se han reunido debajo. Las cámaras de televisión graban, los flashes parpadean con furia. Varias agencias de noticias transmiten en directo a todo el mundo. —¡Mama Papa! ¡Mama Papa! ¡Mama Papa!—Todos aplauden.

Capítulo 16

La noche de Halloween ha llegado. Y sin que la Mama Papa lo sepa, la misión de Halloween del difunto Papa continúa en secreto como estaba previsto. Todos los caballeros reales llegan de todo el mundo a su lugar de encuentro instruido, el puerto marítimo de Miami, Florida, vistiendo sus brillantes trajes de armadura y empuñando escudos y espadas. El líder y más fuerte de todos los caballeros reales es el ángel humano del honor, Joe, con su compañero Herbie el loro. Joe, con Herbie posado en su hombro izquierdo, se dirige a la pasarela para subir al elegante barco llamado Dolphin, junto con sus compañeros caballeros reales llamados McBrian, George, Sánchez y Buck, entre otros caballeros reales. Finalmente, llegan los hombres de diversas religiones. También suben a bordo del Dolphin. Con confianza y fe, los pastores, sacerdotes, padres, ministros, reverendos, diáconos, swamis, monjes, etc. inician su viaje en el Dolphin, una Ecobarco con forma de bala cuya figura se asemeja a la cara de un delfín. Se trata de un barco de pasajeros inspirado en los mamíferos marinos que funciona con hidrógeno. Tiene muchos asientos, con grandes ventanas de cristal para que los pasajeros puedan ver el vasto océano y las estrellas del cielo mientras surcan los mares agitados. Joe está en la parte delantera del barco. Mientras se prepara para llevar el timón, escucha un consejo de Herbie susurrando a su oído: —Di una oración, Joe. *¡Awk!*—

Justo antes de partir en su misión de Halloween, Joe habla con voz alta. —Les invito a ponerse de pie mientras hago una oración. Todos los aquí presentes somos cuarenta, ¡así que unámonos!—

Todos se unen como una sola familia, y Joe dice una oración:

—Aunque viajemos a través de la oscuridad y a través de las sombras de la muerte, veo una luz. No temeremos a lo desconocido, porque te conocemos a ti Señor Dios. Amén.—

Todos respiran el aire fresco del océano. Todos suspiran, unidos en la fuerza, mientras comienzan su viaje. Joe pone en marcha los potentes motores del barco. Aprieta un botón en el panel, y el ancla del barco se levanta. Luego mueve el acelerador con sus poderosas manos. La nave despega.

Es un hermoso día en la soleada Miami, Florida. El agua del mar salpica el aire desde el fondo del barco mientras este se lanza a través de las grandes marejadas de agua del océano. Joe, el capitán del barco, dirigiendo el timón, mira a izquierda y derecha. Ve a los delfines nadando junto al barco. Herbie dice:

—*¡Chirp!* Delfines de proa, Joe.—

Joe solo sonríe mientras mira el pergamino del Papa, estudiando los jeroglíficos.

—*Hmm.* Estoy agradecido de que Lumbra me haya enseñado a descifrar los códigos antiguos —dice Joe, pensando que el Sensei Musashi tenía razón cuando le dijo: ¡Joe, un samurái debe seguir teniendo sed de conocimiento! Esa fue una de las mejores lecciones que Joe recibió de su difunto maestro. Cuando Joe revisa el pergamino, se da cuenta de que tiene antiguas direcciones codificadas que dirigen hacia el Triángulo de las Bermudas, o como algunos lo llaman, el Triángulo del Diablo! Se dirigen a la misteriosa isla de Halloween.

Pasando un largo tiempo de navegación, casi llegando a su destino, en el fondo del mar hay un lugar desconocido donde habitan en un enorme castillo muchas sineras hermosas con una voz seductora.

Joe es el líder y el capitán de esta misión. Sin embargo, nadie sabe que dentro del barco se esconde el joven Wheels. Quiere desesperadamente ser un caballero como Joe, y encontrar a su bella Angelina.

Joe le dice:

—Sir George, usted estuvo en la marina. Venga aquí, por favor, y hágase cargo de las tareas de navegación por un momento —George se acerca despreocupadamente, se sirve una taza de café y toma el timón de Joe.

—¡Sí, capitán! Deja que un verdadero marinero se haga cargo —dice George después de recibir la latitud y la longitud de Joe.

Joe se ríe agradecido y se sienta en la cubierta con las piernas cruzadas en posición de loto. Lentamente, cierra los ojos para entrar en una profunda meditación. Cuatro caballeros reales que están cerca de Joe lo observan.

Sir George dice:

—¿Qué está haciendo Joe?

Sir Sánchez dice:

—No lo sé. Tal vez deberíamos acercarnos sigilosamente a él para probar su nivel de conciencia. ¿Qué te parece?

—No lo sé, muchachos. Solo un tonto o un demonio trataría de acercarse sigilosamente a Joe. Es nuestro mejor caballero. ¡Joe es perfecto, y es nuestro líder, muchachos! —añade Sir McBrian.

Sir Buck dice:

—Nadie es perfecto. Todos los humanos tienen un defecto. Incluso el llamado Lucifer, hermoso en todos los sentidos y con las grandes alas de un querubín, tenía un defecto. El orgullo de Lucifer y su grandioso esplendor lo corrompieron al pensar que podía estar en el trono del Altísimo. Sin embargo, solo Dios es bueno en todos los sentidos. ¡Escuchen, camaradas! Por eso trabajamos en equipo. Si detectamos un fallo, intervenimos inmediatamente, ¡aunque nos cueste la vida!

A unos metros, en el timón, George dice:

—¡Silencio, compañeros! Todo sucede por una razón, caballeros. Luchamos por el rey y por nuestro Dios —así concluye la conversación de los caballeros reales.

Pasa un breve periodo de tiempo.

Joe abre lentamente los ojos tras la meditación. Con energía rejuvenecida, se acerca al timón.

—Me haré cargo ahora, George.

—Gracias, hermano —George sonríe y se aleja para unirse a los otros caballeros reales.

De repente, el canto seductor de una hermosa sirena se escucha a través del aire del mar. Su suave voz canta:

—¡Amirah! ¡Amirah! —parece calmar a los hombres mientras los atrae—. ¡Amirah! ¡Amirah!

Joe, muy preocupado, dice rápidamente:

—¡Tápense los oídos, ahora!

La sirena cambia repentinamente su voz suave por un grito. Un sonido fuerte, espeluznante y chillón.

—¡Eeer! ¡Eeer! —las orejas de uno de los caballeros reales se abren de golpe. Sus oídos sangran profusamente. Pierde el equilibrio y cae por la borda. La sirena lo agarra rápidamente, controlando sus acciones defensivas, y lo arrastra bajo el agua.

Herbie sugiere:

—¡Joe, debes seguir adelante! No te detengas. ¡Awk! —Joe, suspirando profundamente, mira a las estrellas para seguir navegando. Está de acuerdo en que la misión debe continuar. El poderoso Dolphin avanza.

El sacerdote irlandés mira a través de sus prismáticos para otear el mar. Desde lejos, observa con temor cómo la sirena come con avidez la carne del caballero real en una roca que está ligeramente por encima del nivel del mar. Dice:

—¡Misericordia, Señor!— El sacerdote irlandés se aflige. Entonces, misteriosamente, mientras el ex marinero George vigila los medidores de latitud y longitud del barco, los medidores se vuelven locos mientras el Dolphin atraviesa el Triángulo del Diablo. Joe, despreocupado, mira a través de su sextante de lente ancho para seguir navegando mientras el barco avanza.

Al instante, una feroz tormenta de lluvia y viento cortante golpea en la cara a los que están a bordo. El agua fría del mar les salpica a todos, haciéndoles temblar y estremecerse. El barco se balancea de un lado a otro sobre las olas, hundiéndose de vez en cuando en las profundidades del oleaje. Algunos de los religiosos caen por la borda y se ahogan.

—¡Nos perderemos todos en el mar! —gritan los hombres.

Joe recuerda que su difunto abuelo, el general Benson, que estuvo en los Rangers del ejército y más tarde en la unidad de boinas verdes de las fuerzas especiales, le enseñó muchos conocimientos militares y de navegación. Agradecido por su formación, Joe les dice: —¡No se preocupen!— Él busca la estrella

Polaris, a menudo llamada la Estrella del Norte. Al encontrar la estrella rápidamente, dirige el timón en consecuencia, moviéndose en la dirección de lo que el pergamino indica que es la isla de Halloween.

Los caballeros reales gritan:

—¡Tenemos éxito!

Los religiosos gritan:

—¡Tenemos fe, Dios!— Joe brilla de orgullo por su gran equipo.

Poco tiempo después, con la luna llena brillando, el barco se acerca a la zona donde debería estar la Isla de Halloween. Joe mira hacia el cielo y observa un enorme pájaro llamado Argentavis magnificens con una envergadura de siete metros, en su espalda montaba una mujer vestida completamente de negro con su larga melena negra, es vista también oleteando en el viento. —¿Qué? ¡No puede ser!— Dice Joe.

—Bruja, Joe. *¡Awk!* —dice Herbie. Entonces, de repente, un búho de cuernos marrones se posa en la proa del barco, y sus enormes ojos brillantes les observa.—¡Espía, Joe! ¡Espía pájaro de ojos grandes, Joe! *¡Awk!* —advierte Herbie.

Joe dice:

—Alguien sabe que estamos aquí, señores. Sin embargo, nuestra misión es obtener información de una persona llamada Namas y conocer El misterio de Halloween.—

El barco sigue adelante. Herbie trota hacia el búho cornudo, que sale volando hacia el cielo. Entonces, el escriba designado comienza a escribir en el cuaderno de bitácora del barco, mientras Joe reza una oración:

—Dios todopoderoso, por favor, registra en esta noche de Halloween que hombres valientes vinie ron aquí, poniendo sus vidas en juego, sin saber si tendríamos éxito, pero nosotros, en esta lucha del bien contra el mal, trataremos de tener éxito, ¡Cuidanos por favor Dios! ¡Amén!—

Justo cuando Joe concluye, Sir Buck utiliza su enorme mano para golpear ligeramente la espalda de Joe.

—Estaré a tu lado, amigo, todo el maldito tiempo, Joe. Así que acostúmbrate, amigo —consuela Buck.

—Gracias, Buck —dice Joe, tranquilizado.

Mientras las fuertes corrientes marinas intentan controlar el barco sin éxito, Joe dirige el timón frente al Golfo de México, que se encuentra dentro del Triángulo del Diablo. Inquietantemente, en esta noche de Halloween, una isla aparece misteriosamente en el horizonte ante sus ojos.

—¡Vaya! ¿De dónde ha salido esa maldita isla, amigo? —dice Sir George en voz baja.

Joe dice:

—¡Caballeros, miren, esa es la Isla de Halloween!

A causa de la magnífica corriente marina, el barco se atasca en un arrecife y se queda a seis metros de la misteriosa isla de Halloween. Los hombres de la tripulación, nerviosos, se ponen a rezar.

Sir McBrian dice:

—No se preocupen, caballeros. Sí, como dicen en la vieja Irlanda, ¡se necesita un irlandés para hacer la tarea difícil! —McBrian salta del barco. *¡Splash!* Camina con su enorme y poderoso cuerpo irlandés hasta la orilla, llevando el ancla y la cadena del barco. El enorme armazón de McBrian, de 2 metros de altura y enormes músculos, tira del barco, que se desliza por el agua hasta la orilla. *¡Whoosh!*

—¡Hurra por McBrian!— Aclaman todos. Entonces el pájaro de la muerte, un albatros, aterriza junto a un búho cornudo que está posado en un árbol. El búho cornudo dice: —*¡Whoo, whoo!*— Un poco más tarde, los hombres oyen: —*¡Rrrr! ¡Rrrr!*— Es el búho cornudo de ojos grandes que gruñe como un gato montés. Entonces el búho vuela rápidamente hacia la enorme colina en el centro de la isla.

Joe da la orden de que dos caballeros reales, Peters y Ross, se queden atrás para vigilar el barco. Ellos cumplen, diciendo:

—¡Sí, señor Joe!— Joe entonces saca rápidamente su espada sagrada de ángel. ¡Rápido! Entonces, siguiendo el ejemplo de Joe, los otros caballeros reales desenvainan sus espadas reales. ¡Rápido! ¡Rápido! Todos los caballeros reales son maestros espadachines. Tienen sus espadas listas, preparadas para esta peligrosa misión de Halloween.

Mientras todos comienzan a desembarcar, tres enormes serpientes rojas aparecen de la nada, deslizándose y siseando, y escupiendo fuego mientras se acercan a Joe y su tripulación. Con calma, Joe mira al cielo y dice:

—¡Dios!— Deja suavemente su espada sagrada en el suelo,

donde de repente se convierte en una gi gantesca serpiente blanca. La serpiente blanca lucha furiosamente con las tres serpientes rojas y luego las devora. *¡Slurp! ¡Slurp! ¡Slurp!* Lentamente, la serpiente blanca se vuelve a transformar en la espada sagrada. —¡Gracias Dios!— Joe recoge su espada, mira su mapa—¡Vamos en dirección a la luz del fuego en la cima de la colina, caballeros! ¡Vamos, caballeros reales! Diríjanse hacia arriba; ¡muévanse! —ordena Joe.

Herbie, sentado en el hombro izquierdo de Joe, dice:

—¡Muévanse! ¡Muévanse! ¡Muévanse! —los caballeros reales asumen una formación de batalla de marcha triangular protectora. Algunos caballeros tienen escudos blindados. Joe está al frente, dirigiéndolos. Los religiosos los siguen de cerca.

Después de mil metros de marcha, Joe dice suavemente:

—Mi sexto sentido siente el peligro. Parece que debemos detenernos. Sin embargo, debemos seguir adelante, hombres. Estamos en una misión.

—No te preocupes, Joe. *¡Awk!* —consuela Herbie. Joe come semillas de girasol y le da algunas a Herbie. *¡Crunch!* Gruñendo y gimiendo a través de la espesa maleza, algunos de los hombres religisos tropiezan con el suelo. Sin embargo, con una fuerte fe y tolerancia, se levantan y continúan caminando. Las gordas arañas del tamaño de un ratón intentan trepar por sus piernas. Todos se ponen en cuclillas en varios momentos, se golpean la cabeza y hacen un recuento según las instrucciones de Joe. Luego se levantan y continúan caminando.

Los hombres escuchan el gruñido de un león, aparentemente hambriento. *¡Growl! ¡Growl!* Aunque no llegan a verlo, saben que es algún tipo de bestia que les sigue. Están a punto de entrar en una zona oscura, así que Joe se detiene y revisa su mapa, estudiando las crestas y los valles. Abre la brújula militar de su abuelo. Hace un gesto con la mano para que los demás le sigan. Entran en un oscuro abismo en columnas de dos. Poco después, salen del abismo oscuro, todavía en columnas de dos. Entonces se ponen en cuclillas y hacen un recuento. Los presentes descubren que faltan dos de los hombres, un sacerdote y un caballero real. Joe se entristece, pero él y los hombres restantes deben seguir adelante y llegar al punto de encuentro designado antes de la medianoche.

Finalmente, todos se acercan a una zona abierta, y están asustados al ver lo que parecen ser guerreros aztecas y mayas de pie a lo largo del perímetro de una pirámide hecha de cristal. Estos guerreros no muestran misteriosamente ninguna emoción. En la cima de la elegante pirámide de cristal hay un hombre musculoso escasamente vestido con toda la cara pintada de color turquesa. Sobre su cabeza hay un tocado de jefe. Este hombre tiene la presencia imponente de un líder. Joe le grita:

—¿Quién es Namas? Tenemos que hablar con Namas. Por favor.

El hombre grande de arriba dice retóricamente:

—¿Namas? —tiene un aspecto feroz, con una voz que retumba. Entonces, de repente, este líder comienza a sacudir su cara y su cuerpo, gritando en un tono alto —*¡Rrrrr! ¡Aaaa! ¡Eeee!*

Simultáneamente, todos los guerreros aztecas y mayas de abajo se agitan gritando:

—*¡Rrrrr! ¡Aaaa! ¡Eeee!* —partes de sus rostros y cuerpos se desprenden como trozos de arcilla, revelando demonios de aspecto horrible.

Listos para la batalla, Joe y los caballeros reales tienen sus espadas en alto. Joe ordena:

—¡Escudos arriba! —con fe, dos sacerdotes, dos padres, dos ministros, dos reverendos, dos rabinos, dos diáconos, dos pastores, dos monjes y dos imanes caminan frente a los caballeros reales. Todos ellos están leyendo sus libros sagrados, ya sea La Santa Biblia, Rig-veda, el Torá, el Corán, El Canon Pali, El Tao Te Ching, el libro de Mormón. Estos hombres religiosos se emparejan, uno de ellos con el libro sagrado en la mano y el otro con una cruz, una campana, incienso o cualquier otro objeto religioso. Joe agarra su espada sagrada de ángel de Dios desenvainada firmemente en ambas manos. Todos los caballeros reales tienen sus espadas desenvainadas delante de sus cuerpos.

El sacerdote irlandés, tomando la delantera, dice valientemente a los demonios:

—¡Arrepiéntanse y cambien! Es la única manera de que la tierra tenga por fin la paz eterna —los religiosos comienzan a rezar en voz alta.

Conmovido por el discurso del sacerdote, el gran demonio de la cima de la pirámide levanta sus poderosos brazos. Empuñando lo que parece ser un cuchillo afilado, dice:

—¡Soy Saman! —los religiosos, que están unidos, no temen al cuchillo del gran hombre.

¡Esta es la misión de Halloween! ¡Convencer a los malvados de que cambien y vuelvan a Dios para que todos se beneficien es lo más importante!

Parece que uno de los demonios más cercanos al sacerdote irlandés está llorando.

El demonio que llora hace un gesto para que el gran sacerdote irlandés se acerque a él. ¿Un gesto de buena fe? Piensa el sacerdote irlandés. Sintiendo empatía, avanza acercándose al horrible demonio, hasta que los dos están cara a cara. El sacerdote dice:

—¡Sí, hermano! ¡Podemos hacerlo! Alguien tiene que dar el primer paso. No te temo, porque esta misión de Halloween será siempre recordada.— Los ojos del orgulloso sacerdote católico irlandés reflejan su valor y su fe divina.

Un pastor y antiguo televangelista cristiano le dice:

—¡Ten cuidado!— Sin embargo, el orgulloso sacerdote irlandés abre su Santa Biblia para leer un pasaje, aun estando solo, cara a cara con el horrible demonio. La expresión facial del demonio es de amistad mientras extiende su mano escamosa con olor a hongo, moviéndola lentamente hacia el sacerdote irlandés. Entonces hunde violentamente su mano demoníaca en el pecho del sacerdote irlandés *¡¡¡Kerplunk!!!* Y saca el corazón palpitante del sacerdote. Lub-dub, lub-dub, el corazón del sacerdote suena con fuerza, mientras los ojos de su cara se abren de par en par. En el ambiente se hace un silencio estremecedor. Nadie se mueve. El sacerdote irlandés cae estrepitosamente al suelo.

De repente, una mujer grita desde lo alto de la pirámide, *"¡Aaaah!"* rompiendo el momento de silencio.

Joe mira y ve a una encantadora chica que parece tener unos dieciséis años. Está atada, con el cuerpo desnudo cubierto de tinte azul, en el altar de la pirámide.

Alrededor de la pirámide, a nivel del suelo, se producen feroces combates. Debido a su valor, muchos de los hombres de las distintas confesiones religiosas se niegan a huir. Más bien, sostienen sus libros sagrados y rezan, mientras son violentamente masacrados por los demonios. Un sacerdote musulmán grita:

—¡Mira allí arriba, en la pirámide, donde hay humo y fuego. Hay un horrible Jinn!—

Un pastor muy atlético que práctica el alpinismo, corre hacia la cima de la pirámide, en dirección a la joven, con su enorme Biblia extendida delante de su cuerpo y gritando:

—¡No! ¡Por el amor de Dios!— Sin embargo, debajo de la pirámide, en el suelo, un ministro bautista se arrodilla y empieza a rezar mientras un poderoso demonio le arranca la cabeza del cuerpo. Un rabino del judaísmo camina valientemente hacia adelante, mientras es sacrificado como un cordero por una manada de demonios. Los caballeros reales hacen todo lo posible por luchar, junto con el ángel Joe, pero hay demasiados demonios en esta noche de Halloween, en la isla de Halloween, para vencerlos. Muchos religiosos y varios caballeros reales son asesinados. Un sacerdote mormón de nivel alto, que es muy guapo, salta encima de una grande roca. Mientras levanta las palmas de sus manos con voz fuerte grita: —¡Arrepiéntase demonios! ¡Arrepiéntase demonios!—

Rápidamente cuatro grandes demonios no arrepentidos, abordaron violentamente al joven mormón desde la roca. Devoraron con avidez su caliente cara y la carne del cuerpo mientras grita en dolorosa agonía.

Muchos demonios gritan hacia arriba, en dirección al enorme y musculoso demonio sobre el altar de la pirámide:

—¡Saman! ¡Saman! —Saman lleva ahora una misteriosa máscara de jade, de la que sobresalen sus grandes y feos dientes cubiertos de hongos amarillentos. Joe sube corriendo los escalones de la pirámide hacia el altar de los sacrificios, blandiendo ferozmente su espada hacia abajo y horizontalmente, cortando a los demonios por la mitad mientras sigue avanzando, cortando brazos y dos o tres cabezas de demonios con un elegante movimiento de su espada sagrada. Entonces, por desgracia, Joe recibe un corte en la espalda con una garra de demonio.

¡Augh! Sin embargo, persevera, abriéndose paso entre los

demonios con valor y tolerancia. Sin embargo, el pastor atlético alpinista llega hasta la cima de la pirámide milagrosamente.

Joe ve al demonio llamado Saman sosteniendo su gran cuchillo de sacrificio. El cuchillo sube y baja en dirección del pecho palpitante de la joven. Con miedo vuelve a gritar: ¡Aaaa!

El pastor llega hasta la joven y le dice:

—No te preocupes, niña. Yo detendré a este demonio.— El pastor intenta apartar al demonio Saman. Pero Saman coloca su fuerte mano izquierda en el cuello del pastor, apretándolo, y asfixiándolo. El pastor entre lágrimas no le importa, sabe que está ganando tiempo para que Joe rescate a la joven. Saman hunde su cuchillo profundamente en el pecho del pastor. —¡Augh! Se acabó!— Grita el pastor, abrazando la Biblia. Esas fueron sus últimas palabras.

Joe continúa su camino hacia la joven mientras lucha contra los demonios. Cada vez más de ellos, provenientes del interior de la pirámide, se abalanzan sobre él, intentando impedir que interfiera en el sacrificio de la joven virgen. Recibe la ayuda del enorme caballero real McBrian, que acude en su ayuda. McBrian, sosteniendo su gran escudo blindado delante de su cuerpo, empuja a los demonios fuera del camino de Joe con sus poderosos músculos. Los demonios caen de la pirámide. ¡Kerplunk! ¡Bam! Despeja el camino rápidamente para Joe. Mientras tanto, Sir Buck llega para ayudarlos. Pero de repente aparecen más demonios. La adrenalina de Joe se dispara más, ya que es un guerrero experimentado y valiente. El ángel humano Joe, caballero de honor, hace un suave paso de deslizamiento hacia adelante y da una poderosa patada lateral a un demonio de la pirámide. ¡Top! El demonio cae encima de los demonios de abajo. Joe continúa tratando de llegar a la joven.

Entonces, trágicamente, el caballero real McBrian es atravesado con una espada sostenida por uno de los ángeles caídos, el demonio llamado Molech.

—*¡Augh!*—sir McBrian grita de dolor. Molech empuja el cuerpo de McBrian por los escalones de la pirámide hasta la muerte. ¡Kaboom! Entonces Molech huye, desapareciendo. Joe y Buck están enfurecidos por la muerte de su camarada. Son seguidos por los caballeros reales George y Sánchez.

En la cima de la pirámide, Joe es quemado por un repentino muro de fuego demoníaco, formado para proteger a Saman, deteniéndolo en su camino. Mientras Saman continua su ceremonia de sacrificio mirando maliciosamente a la joven virgen. Joe, impedido temporalmente, entra en trance, utilizando su mente tal y como hacían los antiguos cuando caminaban descalzos por la lava ardiente sin quemarse. Salta a través del muro de fuego. Su uniforme de caballero real repele el fuego, formando una esfera de protección contra el fuego a su alrededor.

Sin embargo, Joe vuelve a ser frenado. Cuatro grandes demonios con espadas afiladas atacan a Joe desde el frente tratando de cortar su pecho. Galantemente desvía sus armas con su poderosa espada. *¡Clank! ¡Clank!* Sin embargo, desde la retaguardia de Joe, los poderosos demonios seductores Belcebú y Hades, usando sus poderosas espadas demoníacas, lo atacan violentamente haciendo tajos horizontales y dando estocadas en su espalda. *¡Clunk! ¡Clank!* Golpean ferozmente la armadura de Joe. *¡Kalpak! ¡Clank!* ¡Sonido metálico seco! Milagrosamente para Joe, las espadas de Belcebú y Hades se rompen en pedazos mientras lo golpean. Sus espadas demoníacas no penetran la armadura real especial de Joe.

Todos los demonios gruñen enfadados:

—¡Guruh! —sin embargo, continúan atacando a Joe. Cansado, Joe, el maestro de las artes marciales, inhala aire profundamente en sus pulmones y luego libera el aire de sus pulmones suavemente mientras emplea un suave y ligero juego de pies, balancea su espada horizontalmente y corta las cabezas de cuatro demonios. ¡Kaplan! Belcebú y Hades intentan empujar a Joe fuera de la pirámide, pero no lo consiguen, ya que Joe está muy arraigado como maestro de las artes marciales.

Todo este tiempo, Wheels había estado trepando por la parte trasera de la pirámide con cuidado, sin que se notara.

—Oh —dice Wheels, suspirando al llegar cansado a la cima. Entonces Wheels ve a su encantadora y joven Angelina, que le mira con amor en los ojos.

Angelina dice:

—¡Por favor, Wheels, ayúdame, amor! —Angelina llora ante los ojos de Wheels. Desesperada, luchando por su vida, consigue liberar una mano y arranca la máscara de jade de la cara de Saman, revelando un rostro de calavera con profundos ojos de marciano, y cuernos de diablo en la parte superior de su cabeza.

—¡No! ¡Mi Angelina! —grita Wheels. Lucha con Saman. Wheels es una persona enérgica, escurridiza y evasiva; Saman no puede atraparlo. Wheels trepa por la espalda de Saman como una araña y muerde profundamente el cuello de Saman, arrancando un trozo de carne y hueso del tamaño de una pelota de golf.

—*¡Augh!* —Saman grita de dolor, mientras la sangre demoníaca brota profusamente de su cuello. Pero Saman es demasiado fuerte. Empuja a Wheels. ¡Puf! Wheels casi se cae de la pirámide. Sin embargo, se aferra al borde de la cima de la pirámide. En medio del pánico, Wheels llora. Experimenta un enorme subidón de adrenalina cuando ve impotente a su en cantadora Angelina luchando con Saman. Mientras, Saman ve a Joe luchando contra un demonio. Saman sostiene con firmeza y desesperación su cuchillo de sacrificio. Parece haber una pausa silenciosa y asustada en el aire... cuando el malvado Saman gruñe con deleite... levanta sus musculosos brazos con el mortal cuchillo de sacrificio agarrado en su fuerte mano. Saman sin remordimientos hunde su cuchillo profundamente en el corazón de la joven Angelina

—*¡Aaaah!* —Angelina grita con una voz aguda que podría romper cualquier cristal.

Entonces, el demonio Saman levanta con orgullo y suavidad su cuchillo, que gotea con la sangre de Angelina, en el aire. Grita:

—¡Feliz cumpleaños, Satanás! —los ojos de Saman brillan con maldad en esta noche de Halloween. Joe se siente impotente, tras haber presenciado el horrible acto de sacrificio de la joven Angelina. Las lágrimas brotan de los ojos de Joe mientras solloza.

Justo entonces, Herbie vuela desde un árbol y se posa en el hombro izquierdo de Joe. Herbie dice:

—Dios te ama, Joe. *¡Awk!* —Joe respira profundamente para calmarse. Sintiendo a Dios a su lado, Joe sigue luchando valientemente contra los demonios con su espada. Hades tira su espada dañada al suelo y coge una lanza. Belcebú continúa usando su espada dañada. Joe intercepta el ataque de la espada de Belcebú utilizando una defensa de parada de esgrima, su espada sagrada desvía la espada de su oponente. Entonces Joe contraataca con una réplica, golpeando suavemente su espada hacia abajo, cortando a Belcebú por la mitad, y matando al demonio. ¡Flop! ¡Flop! Las dos mitades del cuerpo de Belcebú caen al suelo. El demonio Hades, furioso, intenta matar a Joe llevando su larga lanza en dirección al corazón del guerrero. Joe se desplaza hacia su izquierda, evitando la letal lanza, y blande su espada sagrada hacia la derecha, cortando las piernas de Hades. Las piernas caen al suelo como la cola cortada de un lagarto, que aún se mueve. Hades camina sobre sus manos, acercándose a morder a Joe con sus dientes de diablo.

—*¡Barah!* —Hades grita mientras abre su boca de caimán llena de dientes. Joe entonces se arrodilla en una sola pierna, esperando que Hades se acerque más a él.

—¡Bien! —dice Joe, clavando poderosamente su espada divina en el corazón de Hades, matándolo con el poder de su santa espada celestial.

—*¡Augh!*—Hades gritó antes de caer muerto. Hongos verdes con gusanos y pus blanco salen de su boca de demonio. Mientras tanto, Wheels, confiado en su agilidad y en su fuerza que le ha dado Dios, utiliza sus manos y sus pies elásticos para ir a la cima de la pirámide. Wheels ha caminado sigiloso por las iglesias toda su vida. Sin que Saman lo note, solloza en silencio mientras desata a su amada Angelina que está sangrando, y que yace inmóvil en el altar de los sacrificios. Pero los sollozos de Wheels llaman la atención de Saman. Saman ataca con su cuchillo mortalmente afilado, que tiene la sangre de Angelina, rozando la cara de Wheels.

—*¡Augh!*—grita Wheels.

Joe llega y, con su espada sagrada, intercepta el segundo golpe de Saman contra Wheels, tirando el cuchillo de Saman al suelo. La sangre del cuchillo salpica. *¡Plap!* La batalla comienza entre Joe y Saman. El sádico Saman dice:

—Tonto, ¿cómo te atreves a venir aquí mientras honramos el cumpleaños de Satanás en la noche de Halloween?

Rápidamente Joe dice:

¡El Señor te reprenda! Vengo aquí representando a los humanos y al Dios Todopoderoso. Saman toma rápidamente su cuchillo de sacrificio afilado y ataca a Joe. Joe levanta el mango de su espada ligeramente por encima de su cabeza con la espada apuntando hacia abajo protegiendo su lado izquierdo bloqueando el ataque con el cuchillo de Saman. Joe voltea su espada hacia adelante y hacia arriba cortando el abdomen de Saman y la barbilla! ¡Aahr! Saman grita. Saman se abalanza mientras Joe usando el movimiento de todo el cuerpo se baja y gira interceptando el ataque de Saman, luego lanza de manera judo a Saman sobre el suelo de piedra dura. ¡Boom! Saman, mientras está en el suelo, envuelve sus brazos alrededor de la pierna derecha de Joe, pero rápidamente Joe usa jing negativo para sacudirse las garras de Saman liberando su pierna derecha mientras Joe rápidamente patea a Saman en su horrible cara de demonio. *¡Aahr!* Joe retrocede un poco hacia atrás y asume la posición de guardia con la pierna derecha y con la mano derecha hacia adelante sosteniendo su espada frente a él protegiendo su línea central. Saman se levanta del suelo y luego lame la sangre de Angelina que está en su cuchillo sostenindo con su mano derecha. ¡Rápidamente pone su brazo frente a él y se abalanza sobre Joe! Joe con su agilidad de un guerrero balancea su espada haciendo un sonido de viento. *¡Swoof!* Y corta el brazo de Saman que sostenía el cuchillo del sacrificio. *¡Plop!* El brazo cae al suelo.

Saman grita:

—¡Molech! ¡Ayúdame!

Joe, conmocionado, mira a la profanada Angelina. Wheels comienza a aplicar presión directa sobre la herida en el joven pecho de Angelina, tratando de detener la hemorragia. Sir Buck llega al lado de Joe. Joe dice:

—¡Buck! ¡Escolta a Wheels con la joven al barco! Y utiliza el botiquín del barco. ¡Ahora!

Buck, que al haber sido médico en el pasado, tiene conocimientos de medicina, asiente con la cabeza. Mientras Buck escolta a la joven pareja de vuelta al barco, le resulta muy difícil seguir el ritmo del veloz Wheels, que está sollozando mientras lleva a su Angelina.

El sexto sentido de Joe funciona a toda máquina. Se da la vuelta y descubre a un demonio acercándose sigilosamente a él como si fuera a sorprenderle con un ataque por sorpresa, para propinarle una muerte fácil y cobarde. Joe, preparado para los ataques por sorpresa, es repentinamente asaltado con violencia por el furtivo demonio Molech, que es uno de los más feroces ángeles caídos de Satanás. Joe gira con todo su cuerpo al lado izquierdo sosteniendo su espada celestial, usando un elegante juego de pies, para interceptar la espada de Molech. *¡Clank!* Joe y Molech empiezan un mortal juego de espadas. Molech, viendo que está perdiendo la lucha de espadas, toma con su grande mano izquierda un balde de madera llena de cenizas de seres humanos sacrificados y se lo arroja con fuerza en la cara de Joe, cegando la vista por un momento. Rápidamente Molech baja su espada con mucha velocidad cortando la oreja izquierda a Joe. Inmediatamente Joe entra en trance usando su sexto sentido, con valentía de un campeón lucha magistralmente con su espada celestial contra el demoníaco Molech. Dos de los compañeros de Joe, los caballeros reales George y Sánchez, empuñando sus espadas, llegan para ayudar a Joe en esta feroz batalla. Estaban en la retaguardia asistiendo a los desafortunados religiosos que fueron masacrados como corderos. Pero ahora han venido a unirse a la lucha contra el fuerte demonio Molech.

Joe rápidamente lanza su espada horizontalmente hacia adelante con su fuerte mano derecha, ahora pasa su espada a su mano izquierda, para lanzarla horizontalmente de nuevo, en un engañoso y doble ataque que roza el abdomen de Molech.

—*¡Ahrr!* —Molech grita maliciosamente, retrocediendo ante la maestría de Joe con su poderosa espada. Joe puede usar su mano izquierda tan bien como la derecha.

En otra pirámide aterriza en la cima un enorme pájaro Argentavis magnificens con una mujer jinete. La mujer vestida de negro con su cabello largo se baja del pájaro y camina hacia un trono dorado donde el enorme Diablo Satanás vestido de piel de serpiente rojo con detalles de color negro está sentado sobre su trono. Ella se inclina y luego se arrodilla diciendo: —¡Gracias, soberano! Ahora estoy en el nivel más alto del Vaticano, soy la Mamá Papa, la persona más importante de Roma.— luego se levanta y le presenta dos regalos. Ella le coloca en la cabeza de Satanás una lujosa tiara papal formada por tres coronas completamente de oro y adornada con piedras preciosas como el diamante, topacio, jaspe, zafiro, esmeralda, rubí, espinela, alejandrita, tanzanita, berilo, ónice, crisólito, carbunclo y le entrega en su mano una copa de oro artefactos del museo en el Vaticano. Satanás luce hermoso y le dice con voz de mando: —¡Vierte vino de sangre en esta copa, Samara, porque beberé por mi cumpleaños esta noche de Halloween!— *¡Ja, ja, ja, ja!* Satanás, como la serpiente emplumada, sentado en su trono de oro, sin unirse a la lucha todavía, tiene un momento de estrés postraumático. Su mente se aleja, recordando una gran pelea de espadas en el cielo en la que gritó:

—¡No luches conmigo, podemos reclamar el trono de nuestro Dios! Miguel Únete a mí!— Pronto, la memoria de la serpiente emplumada se desvanece de vuelta al presente. Satanás se levanta de su trono y habla con una voz melodiosa: —Samara gracias por venir en este día tan especial para mí, ahora regresa a tu puesto muy pronto tendrás noticias mias.— Samara da la vuelta y se aleja del lugar con su enorme pájaro, mientras Satanás entra por un portal secreto que lo lleva hasta la otra pirámide de sacrificios. Satanás sale del portal sin que nadie lo vea y siente una fuerte presencia, de repente mira a Joe con una espada celestial luchando con Molech.

El sexto sentido de Joe entra en acción. Siente que hay algo más en la zona, pero no puede verlo, así que permanece en la posición de esgrima en guardia mientras da varios golpes de espada y hace varios tajos a Molech.

Desde la distancia, Joe ve a Herbie en el aire asintiendo con la cabeza, una señal para que Joe regrese a la nave. Joe confía en el consejo de Herbie. Utiliza sus ojos y su lenguaje corporal, mirando a los ojos de sus compañeros, los caballeros reales George y Sánchez, para pedirles su aprobación para partir. Ambos asienten con la cabeza, indicando que está bien que Joe se vaya. Joe ve que Molech retrocede, ya no lucha con fuerza. Confiado, Joe deja la pelea para que los dos caballeros reales la terminen. Sir George dice:

—¡No te preocupes, Joe! Ya tenemos esto.

Sir Sánchez está de acuerdo.

—¡Sí! ¡Tenemos esto, compadre! —los caballeros reales Sánchez y George son excelentes luchadores y maestros espadachines.

Satanás espera seductoramente a que Joe abandone la zona.

Entonces se cuela para ayudar a Molech, clavando su espada demoníaca en la espalda de Sánchez—¡kaplunk! El caballero real Sánchez cae suavemente al suelo. Teniendo una visión, dice:

—Sí, Dios. ¡Te amo!

George, con la voluntad de un campeón para ganar, sigue adelante, desarrollándose una feroz batalla de espadas entre él y Satanás que asiste a Molech. George dice:

—¡Nunca tendrás mi alma! ¡Yo lucho por Dios! ¡Y Dios salve al rey de Inglaterra!

Joe escucha un grito en la distancia:

—¡Nooo! —es la voz de su amigo, el caballero real George. Joe se siente culpable por dejar atrás a sus compañeros caballeros reales, así que reza una oración:

—Dios cuida de ellos.—

Herbie vuela por delante hacia el barco. Mientras Joe vuelve trotando en dirección al Dolphin, observa en el camino a un sacerdote que, tambaleándose, parece traumatizado y desorientado. Joe flexiona sus músculos, levanta al sacerdote y lo lanza sobre su hombro.

—¡Oomph! —dice el sacerdote. Joe se lo lleva de ese sitio a otro lugar más seguro.

Joe llega al Dolphin, donde Herbie y los caballeros reales Buck, Peters y Ross hacen guardia.

También el joven Wheels entristecido por su novia ensangrentada Angelina espera la llegada de Joe. El sacerdote sube a la barca y dice:

—He visto al diablo. Estaba allí, en la cima de la pirámide. Nunca me creerán si cuento la verdad de lo que vi en la noche de Halloween.

Joe mira a Angelina y luego a Buck, que sostiene el botiquín en la arena de la playa, justo fuera del bote. Buck dice apenado:

—No sobrevivió, Joe. Hice lo mejor que pude. Una vez fui médico. Lo siento, pero ya no puedo hacer más nada.— De rodillas, Buck está llorando profusamente. Wheels tira todo su cuerpo, y con la cara en la arena de la playa, comienza a golpear la arena hasta sangrar sus manos mientras solloza con fuerza en una profunda agonía y su corazón late.

—¡Mi Angelina! —Wheels solloza tanto que pierde la voz. Los fluidos brotan de sus ojos y de su boca. Joe explora la zona y observa plumas de búho y de loro por todas partes. Entonces, por fin, ve un búho cornudo de ojos grandes con el cuello roto tirado en el suelo junto al barco. Joe mira a Herbie.

Herbie dice:

—¡Él comenzó y yo soy chingón! *¡Awk!* —entonces el valiente Herbie salta sobre el hombro izquierdo de Joe y le besa con su pequeña lengua para reconfortarle.

Joe, con empatía, comprueba dos veces los signos vitales de Angelina, de dieciséis años, y no encuentra pulso ni latidos. Joe, derramando una enorme cantidad de lágrimas, exclama:

—Señor, ¿por qué tienen que sufrir los jóvenes cuando tienen toda la vida por delante? —coloca una manta sobre el hermoso rostro y el cuerpo desnudo de Angelina, que aún está cubierto de pintura de jade. A continuación, lleva suavemente su inocente cadáver a bordo del Dolphin —Descansa aquí. Dios no te ha abandonado, princesa. Nos iremos pronto —Wheels se queda con Angelina mientras Joe se retira del barco Dolphin para reunir al resto de su tripulación.

Joe, sin dejar de sollozar, baja la guardia mientras espera que Sir Sánchez y Sir George lleguen, a salvo, con suerte. Sin embargo, cerca de él, sosteniendo misteriosamente una lanza bañada en veneno y acechando en las sombras, se encuentra la serpiente emplumada, el mismísimo Satanás. Satanás lanza rápidamente su lanza bañada en veneno desde el infierno hacia el corazón de Joe. Dado que Joe no está atento en ese momento. Buck, alerta, salta rápidamente frente a Joe, y la lanza de Satanás se ensarta profundamente en su corazón. ¡Kapoof!

—*¡Auh!*—Buck grita de dolor, sacando a Joe de su desilusión temporal.

—*¡Buck!*—Joe grita, corriendo hacia su amigo moribundo. Una vez que Joe alcanza a Buck, lo toma en sus brazos.

La frustrada serpiente emplumada, en la distancia, se enfurece.

—¡No! ¡No! ¿Por qué has vuelto a salvar a Joe? —grita decepcionado Satanás mientras mira hacia el cielo, buscando respuestas.

Joe, sollozando con fuerza, mira a su amigo Buck, buscando una razón para su inminente muerte. Buck murmura:

—¡No te preocupes, Joe! Todo sucede por una razón —entonces los ojos de Buck comienzan a parpadear. Pronto dejan de moverse. Muere con los ojos bien abiertos.

Joe, respirando profundamente, usa sus dedos para cerrar los párpados de Buck.

—Descansa tranquilo, viejo amigo —dice Joe. Joe había descubierto ahora el significado del Misterio de Halloween. Halloween es cuando Lucifer el querubín guardiana ungido, hijo de la mañana, se convirtió al diablo porque su orgullo y esplendor corrompieron su sabiduría, por lo tanto el pecado entró en él cuando codiciaba el trono de Dios. Lucifer, fue expulsado del cielo y renació en el gran dragón, la serpiente antigua, que se llama diablo y Satanás. Halloween es el cumpleaños de Satanás. Joe comprende que Halloween terminará hasta el último conflicto del bien contra el mal. Joe sabe que estará allí. Entonces Joe mira a Wheels llorando y toma una decisión de mando. —¡Nos iremos ahora! ¡Misión abortada!— dice Joe. Todos suben a bordo del Dolphin. Joe, junto con Sir Peters y Sir Ross, colocan el cadáver de Sir Buck en el barco. Luego, Joe utiliza la lanza que le había quitado a su amigo muerto Sir Buck y empuja el barco fuera de la arena hacia las aguas profundas del océano. Herbie observa al entristecido Joe y dice: —La lanza, Joe. Tírala… *¡Irk!*— Joe, con todas sus fuerzas, lanza la lanza demoníaca en el aire hacia la isla. Milagrosamente, cae en el pie izquierdo de Satanás, atravesando su pie y clavándose en el suelo. —*¡Ouch!*— Satanás grita de dolor. Herbie sonríe y dice: —¡Sigue adelante, Joe! *¡Awk!*— Joe asiente con la cabeza en señal de aprobación, dirigiendo el timón mientras continúa sollozando, profundo y fuerte, en esta noche de Halloween.

Capítulo 17

Es el día de la boda de Joe y Charlotte, que resulta ser también el día de Acción de Gracias. Están en una iglesia católica en la soleada Beverly Hills, California. El rey y la reina de Inglaterra están allí, junto con los paparazzi y una gran presencia de los medios de comunicación. Muchos caballeros reales están allí en traje de batalla, con sus espadas listas. Joe mira a todos los caballeros reales. Busca a Sir Sánchez y a Sir George, pero no los ve. El rey mira a Joe y luego sacude la cabeza para indicar que Sánchez y George no regresaron sanos y salvos en la noche de Halloween. Joe, con una triste expresión de culpabilidad que cruza instantáneamente su rostro, se pregunta por qué los hombres buenos tienen que morir.

Napoleón, el antiguo maestro de esgrima olímpica de Joe, es también su padrino. Mientras Napoleón está de pie junto a Joe, siente que algo le preocupa. Le toca el hombro a Joe para asegurarle que todo sucede por una razón.

Lumbra es la dama de honor y está muy guapa.

—Lo suficiente como para que Napoleón se case de nuevo con ella —dice Napoleón, expresando sus pensamientos en voz alta mientras observa a su esposa de cerca con amor en sus ojos.

El pico y las patas de Herbie están limpios y brillantes, y sus plumas huelen bien.

El sacerdote mira la lesión izquierda que tiene Joe, donde estaba su oreja y dice:

—Hmm —la herida es un recordatorio para Joe de la batalla entre el bien y el mal que tuvo lugar la noche de Halloween en la Isla de Halloween. Joe ha cubierto la espantosa zona donde estaba su oreja izquierda con su pelo, para que Charlotte, y todos los demás, no puedan ver la deformidad.

El sacerdote proclama:

—¡Donde está el bien, está el mal! Y donde hay maldad, hay bondad. Nunca hay uno sin el otro en la tierra.

Repentinamente, un hombre, un poderoso magnate que lleva un anillo de masón del agua, entra sonriendo mientras mira en dirección al piano de cola. Se sienta a unos metros del piano de cola. De forma pacífica y armoniosa, la música del piano comienza. Todos pueden escuchar la hermosa voz de una joven que canta "Ave María". Todos desvían su atención de Joe para mirar en dirección a la música. Allí ven a Rose, una reputada pianista, tocando el teclado, regalo para su hermano, Joe, y su futura cuñada, Charlotte. Charlotte, con un ritmo impecable, entra en la iglesia, sonriendo mientras su padre la acompaña al altar. Al llegar al altar, Charlotte, al darse cuenta de que Joe se ha tapado la oreja izquierda con el pelo, le aparta el pelo, dejando al descubierto su lesión. Después de todo, su prometido es un guerrero, un caballero real, Charlotte dice:

—¡Eres un caballero real, uno de los soldados de Dios, mi hombre! Joe, el hombre que llevas dentro es a quien amo. Siempre te amaré mientras vivas —Charlotte sonríe, al igual que Joe.

Herbie, inicialmente sin palabras, dice en voz baja:

—*¡Awk!* Eres genial, Joe.

Tras una breve y memorable pausa, Napoleón abre la caja que contiene la alianza de la novia. El anillo es precioso. Parece que Napoleón lo ha hecho con un aro francés especialmente diseñado y coloreado en oro. Joe dice riendo:

—¿Es comida o un anillo, Chef Napoleón?

—Joe, es un anillo, por supuesto, un antiguo anillo de oro puro que Lumbra y yo descubrimos en las pirámides de México, ¡donde los aztecas jugaban al Juego de los Dioses! Tan hermoso... ¡Disfruta! —dice Napoleón. Da una palmada con su mano libre sobre su boca fruncida para hacer un ligero sonido de estallido. *¡Pop!*

Joe, lenta y cariñosamente, coloca el anillo en el dedo de Charlotte, tal y como le ha indicado el sacerdote. Charlotte se sonroja y se le salen las lágrimas.

El anillo está hecho de un rico oro grabado a mano, con un enorme diamante azul en el centro. Es una exquisita joya de valor incalculable.

El sacerdote dice con orgullo:

—¡Los declaro marido y mujer! Ahora puedes, Joe, besar a tu encantadora esposa, Charlotte.

Los ojos de Joe brillan de amor mientras abraza a Charlotte y la besa apasionadamente...ahora su hermosa esposa...en el memorable día de su boda. Rose, la cariñosa hermana de Joe, con los ojos llenos de lágrimas al presenciar este precioso momento, toca en un espectacular piano de cola y canta una de las canciones favoritas de Joe. Ángeles de Dios entran a la iglesia y se quedan parados en las puertas custodiando las entradas. Mientras Ángeles caídos observan de lejos la ceremonia y se retiran del lugar para dar sus informes sobre Joe a El Diablo que esta lleno de odio.

Todo el mundo llora y sonríe mientras Napoleón, Lumbra, Herbie, el rey de Inglaterra, su reina y todos los caballeros reales vitorean:

—¡Vivan Joe y Charlotte!

El sacerdote sonríe mientras una elegante y hermosa paloma blanca desciende desde una ventana abierta en lo alto, y se posa suavemente en el altar junto a él. Joe continúa besando profundamente a su encantadora esposa con extremo amor mientras la abraza fuertemente contra su cuerpo, con sus poderosos brazos, con la intención de recordar para siempre este alegre momento entrañable. Amén.